MIL GRULLAS

AUSTRAL ESENCIALES

YASUNARI KAWABATA

MIL GRULLAS

Traducción
María Martoccia

Seix Barral

PEFC Certificado

Este libro procede de bosques gestionados de forma sostenible

PEFC

PEFC/14-38-00305 www.pefc.es

Título original: *Sembazuru*

Seix Barral, un sello editorial de Editorial Planeta, S. A.
Avda. Diagonal, 662-664, 08034 Barcelona (España)
www.seix-barral.es
www.planetadelibros.com

Publicado con autorización de Grupo Planeta Editorial S.A.I.C. (Argentina)

Diseño de la colección: Austral / Área Editorial Grupo Planeta
Primera edición en Austral: marzo de 2012
Primera edición en esta presentación: febrero de 2025

Depósito legal: B. 250-2025
ISBN: 978-84-322-4430-8
Impresión y encuadernación: Liberdúplex, S. L.
Printed in Spain - Impreso en España

BIOGRAFÍA

Yasunari Kawabata nació en Osaka en 1899. Huérfano a los tres años, insomne perpetuo, cineasta en su juventud, lector voraz tanto de los clásicos como de las vanguardias europeas, fue un solitario empedernido. Escribió más de doce mil páginas de novelas, cuentos y artículos, y es uno de los escritores japoneses más populares dentro y fuera de su país. Mantuvo una profunda amistad con el escritor Yukio Mishima, del que fue mentor y difusor. Recibió el Premio Nobel de Literatura en el año 1968. Entre sus obras, muchas de ellas marcadas por la soledad y el erotismo, destacan *La bailarina de Izu*, *La pandilla de Asakusa*, *El rumor de la montaña*, *País de nieve*, *Mil grullas*, *El maestro de Go*, *La casa de las bellas durmientes*, *Kioto*, *Lo bello y lo triste* e *Historias de la palma de la mano*. Kawabata se suicidó a los setenta y dos años.

Mil grullas: la ceremonia del té y sus tazones fantasma

Figura emblemática, miembro de la Escuela de las Nuevas Sensibilidades (Shinkankaku School), *guionista de un clásico del cine experimental de 1926* (Una página de locura, *dirigida por Teinosuke Kinugasa), Yasunari Kawabata se instaló activamente desde muy joven en el medio artístico. Su vida se inició con una presencia de muerte que sólo «el inútil esfuerzo», sobre el que permanentemente vuelve, podía mitigar en parte: inútil esfuerzo por acceder a la belleza, a los conocimientos de un Occidente trasvasado, inútil esfuerzo de la escritura. Perseguido por las pérdidas, la de su padre cuando era una criatura de dieciocho meses, su madre un año más tarde, su nodriza a los seis, su hermana a los diez, a los catorce su último familiar, su abuelo, en esa sucesión leyeron los estudiosos japoneses una «disposición de huérfano» que sólo encontró refugio en un mundo literario.*

En una conferencia que dio en Hawai en 1969, titulada «La existencia y el descubrimiento de la belleza», Kawabata cuenta cómo, sentado en un lujoso hotel, tiene una mañana la visión de mesas dispuestas en una terraza, con cientos de vasos colocados boca abajo brillando como diamantes bajo el sol tropical; algo que nunca había visto y que lo deleita. Sentencia entonces que la literatura no hace sino registrar tales encuentros con la belleza.

Para Kawabata, los que están mejor cualificados para descubrir la pura belleza son los niños pequeños, las mujeres jóvenes y los hombres moribundos. Así, las mejores sorpresas de estilo las deparan los textos escolares; así, toda su obra refleja su fascinación con un tipo de inmaculada mujer idealizada. Y por eso su ensayo clave se titula «Los ojos de un hombre moribundo».

La trama de Mil grullas (Sembazuru) *gira alrededor de uno de los ritos consagrados de la cultura japonesa, la ceremonia del té, encuentro que desde el siglo* XIII *pacificaba a los guerreros. Para imaginar las escenas con los objetos apropiados se justificaría la consulta a una enciclopedia de arte: las grullas del pañuelo son un auspicioso símbolo de longevidad; los tazones ceremoniales de cerámicas renombradas: el Oribe oscuro con toques de blanco y diseño de helechos de la primera ceremonia; la jarra Shino de esmalte blanco y tenue rojo para la ofrenda floral fúnebre; el par de Raku, negro y rojo, tazones marido-esposa; el terrible Shino cilíndrico con la huella imborrable de un lápiz de labios, que será lanzado en una suerte de exorcismo pero cuyos pedazos habrá que enterrar con respeto; el Karatsu verduzco con toques de azafrán y carmesí, de asimétrica factura coreana que conformará con el anterior otra bella pareja de objetos-fantasma. Las acuarelas de Sotatsu y las caligrafías del poeta Muneyuki que decoran el altar estético. Es el refi-*

nado mundo de la ciudad de Kamakura, son los entornos del templo zen Engakuji.

El recuerdo de una muchacha hermosa reaparecerá a lo largo del relato en la imagen de las mil grullas de su pañuelo, en contraste con la presencia de la madre y la hija, que serán amantes del protagonista. Desde el principio ya se dibuja un triángulo de mujeres que el protagonista ve de espaldas al ingresar en el recinto ceremonial. Se sucederán sin fin: la madre del joven Kikuji, desdibujada; Chikako, la mujer de la mancha en el pecho, amante del padre de Kikuji, manipuladora que se apropia de la ceremonia y de los objetos que han pasado de mano en mano; la señora Ota, frágil carnalidad que enlaza dos generaciones de hombres; Fumiko, evanescente y en quien se continúa el karma amoroso de la madre, y Yukiko, la joven de quien sólo se dice que es bella, pues su gusto exquisito —la elección del diseño de su pañuelo y un bordado de lirios en su cinto— la califica sin necesidad de ninguna descripción. Todas ellas serán vértices de sucesivas combinaciones.

En la noción de estructura novelística que Kawabata trabajaba, los incidentes eran más importantes que las conclusiones, y por eso lo más rico de la novela son los diálogos. Muchos compararon sus desarrollos con los de lentas obras de teatro noh, *pues su placer eran los tiempos morosos que los plazos de entrega a las revistas le permitían; como en los versos encadenados, era la serie lo que le interesaba. Sus finales suelen ser vertiginosos, como en ésta, donde Fumiko desaparece y Kikuji sospecha que se ha suicidado al igual que su madre, la señora Ota.*

La práctica novelística de Kawabata no coincide con sus teorizaciones sobre la estructura en tres pasos. Sus novelas podrían terminar en cualquier punto y se diría que nunca hay un final. Se percibe un crecimiento sin un plan preconcebido, influido por la técnica del fluir de la conciencia que admiraba en la narrativa de Joyce y Proust, y la tradición japonesa de una continuidad por adición, como en el Genji *o* El libro de la almohada. *No hacía caso del concepto de argumento, una superstición heredada de la aplicación de conceptos dramáticos, que no aplicaba a sus novelas, que se iban conformando, como las redacciones infantiles, con oraciones impredecibles, libres, iluminadas. Kawabata, que dejó muchísimos escritos inconclusos, también solía practicar otro curioso ejercicio: reducía los textos extensos a lo que llamaba «relatos del tamaño de la palma de una mano», operación en la que lo consideraban un maestro.*

Al recibir en 1968 el Premio Nobel, para el que mucho colaboraron las espléndidas traducciones al inglés de Edward Seidensticker, Kawabata invocó el bello Japón, el Japón estético que desde el siglo XIX *intriga a Occidente. Un Japón tradicional, «que se ha ido», pero que él encontraba en espacios naturales alejados de lo urbano o en los lugares donde se cumplían los viejos ritos: «el otro mundo», ajeno a la cotidianidad, donde hay una regresión a lo maternal al dejarse dominar el hombre por el sentimiento de* amae *(sacar provecho de la benignidad de otro, mostrarse como un niño consentido). Aquí, la casita del jardín, donde se practica la ceremonia del té, espacio preservado donde los tazones se cargan de una emotividad que desafía el tiempo y en el cual el rito convoca a un eros que se vierte en cada gesto, contaminando a sucesivas generaciones de amantes. Pero la experiencia espiritual y estética se convierte, en manos de Chikako, en un ejercicio de la perversión, en un momento de gran tensión, en una exhibición de poder, como en el siglo* XVII *lo hacía Toyotomi Hideyoshi, el jefe militar, al desplegar los objetos ceremoniales de sus predecesores.*

Como esas «islas en un mar distante» que le atraían, Kawabata trabaja su estilo elusivo tan influido por su clásico favorito, el Romance de Genji. *Para percibirlo en bruma hay que sostener la ilusión de una lengua donde hay un modo para los hombres y otro para las mujeres, con una entonación, desinencias verbales y vocabularios diversos, donde los adjetivos declinan con indicaciones temporales, donde hay infinidad de recursos para expresar la duda, la suposición, lo incompleto. El primer episodio de* Mil grullas *se publicó en 1949; en 1951, la dio por terminada. En un haiku del mes de enero de 1953, prometía:*

En el cielo de Año Nuevo
mil grullas vuelan,
o eso me parece.

Pero la breve historia que inició entonces, con el mismo protagonista, quedó inconclusa.

AMALIA SATO

Mil grullas

Aun cuando había alcanzado a llegar a Kamakura y al templo Engakuji, Kikuji no sabía si acudiría a la ceremonia del té. Ya llegaba tarde.

Siempre que Kurimoto Chikako oficiaba la ceremonia del té en la morada interior del Engakuji, él recibía una nota. Sin embargo, no había asistido ni siquiera una vez desde la muerte de su padre. Consideraba las notas tan sólo como gestos formales en memoria de su padre.

Esta vez había una posdata: ella quería que él conociera a una joven a quien estaba dándole clases para la ceremonia del té.

Mientras leía, Kikuji pensó en la mancha de nacimiento de Chikako.

Cuando tenía ocho o quizá nueve años, su padre lo había llevado a visitar a Chikako y la habían encontrado en la sala del desayuno. Tenía el kimono abierto, y estaba cortándose el pelo de la mancha con un pequeño par de tijeras. La mancha, grande como la palma de una mano y de un color entre negro y morado, le cubría la mitad del pecho izquierdo y se desplazaba por el hueco entre ambos pechos. Al parecer, le había salido pelo sobre ésta, y Chikako estaba en el proceso de cortarlo.

—¿Has traído al muchacho contigo?

Sorprendida, se acomodó el cuello del kimono. Luego, quizá porque apresurarse sólo había complicado sus esfuerzos por cubrirse, se volvió ligeramente y, con cuidado, metió el kimono dentro del *obi* (1).

Su sorpresa debió de ser causada menos por la aparición del padre que por el niño; una doncella los había recibido en la puerta, por lo que Chikako debía de saber, por lo menos, que el padre de Kikuji había llegado.

El padre no entró en la sala del desayuno, sino que se sentó en la habitación contigua, donde Chikako daba sus lecciones.

—¿Podría tomar una taza de té? —preguntó el padre de Kikuji de manera ausente. Miró la lámpara del nicho.

En el periódico que estaba sobre su rodilla, Kikuji vio pelos que eran como los de una barba.

Aunque era pleno día, las ratas correteaban por el espacio vacío del cielo raso. Había un duraznero en flor junto a la veranda.

Cuando finalmente ocupó su lugar junto al brasero del té, Chikako parecía preocupada.

Unos diez días después, Kikuji oyó a su madre decirle a su padre —como si fuera un secreto extraordinario— que él no podía desconocer que Chikako no se había casado a causa de su mancha de nacimiento. Había compasión en los ojos de ella.

(1) Cinturón de seda largo y ancho que se emplea para sujetar el kimono. *(N. de la t.)*

—¿Ah, sí? —El padre de Kikuji cabeceó, aparentemente sorprendido—. Pero si su esposo supiera de su existencia antes de casarse, eso no importaría, ¿verdad?

—Eso es exactamente lo que le dije. Pero, después de todo, una mujer es una mujer. No creo que yo hubiera sido capaz de decirle a un hombre que tenía una mancha enorme en el pecho.

—De todos modos, ya no es joven.

—Aun así, no sería fácil. Es probable que un hombre con una mancha pueda casarse y simplemente reírse cuando se la descubren.

—¿Tú has visto esa mancha?

—No seas tonto. Claro que no.

—¿Sólo hablasteis de ella?

—Chikako vino para mi lección y hablamos de toda clase de cosas. Supongo que sintió deseos de confesarse.

El padre de Kikuji permaneció en silencio.

—Imagina que ella estuviera a punto de casarse. ¿Qué pensaría el hombre?

—Probablemente sentiría rechazo. Aunque puede que encontrara algo atractivo en ello, al tratarse de algo secreto. Por otra parte, el defecto puede realzar aspectos interesantes. De todas formas, no es un problema del cual valga la pena hablar.

—Yo le dije que no era un problema en absoluto. «Pero está sobre el pecho», dijo ella.

—¿Ah, sí?

—Lo más difícil sería tener un niño que amamantar. El esposo podría tolerarlo, pero el niño...

—¿La mancha impediría que saliera la leche?

—No es eso. No, el problema sería tener al niño mirando la mancha mientras lo amamanta. Mis consideraciones no habían llegado a tanto, pero una persona que en realidad tiene una mancha piensa en esas cosas. Desde el día de su nacimiento se alimentaría allí y, desde el día que comenzara a ver, vería esa horrible mancha en el pecho de su madre. Su primera impresión del mundo, la primera impresión de su madre, sería esa horrible mancha, y ahí quedaría esa impresión, a lo largo de toda la vida del niño.

—Ah, pero ¿eso no es como inventarse preocupaciones?

—Siempre podría alimentarlo con leche de vaca, supongo, o contratar a una nodriza.

—Para mí lo importante es si hay leche o no, no si hay una mancha.

—Me temo que no es tan sencillo. Yo lloré cuando me lo contó. No me gustaría que nuestro hijo se amamantara de un pecho con una mancha de nacimiento.

—¿Ah, no?

Ante esta muestra de ingenuidad de su padre, una oleada de indignación embargó a Kikuji, una oleada de resentimiento hacia él.

Ahora, sin embargo, casi veinte años más tarde, Kikuji podía sonreír ante el recuerdo de la confusión de su padre.

Desde la época en que tenía más o menos diez años, pensaba a menudo en las palabras de su madre y se sobresaltaba, incómodo, ante la idea de un medio hermano o una media hermana que mamara en la mancha.

No era el simple temor a tener un hermano o una hermana lejos del hogar, sino más bien el temor de ese hermano o hermana en particular. Kikuji estaba obsesionado con la idea de que un niño que mamara de ese pecho, con la mancha de nacimiento y los pelos, sería un monstruo.

Aparentemente, Chikako no había tenido hijos. Uno podía, si lo deseaba, sospechar que su padre no se lo había permitido. La asociación entre la mancha y un bebé que habría entristecido a la madre podría haber sido el ardid de su padre para convencer a Chikako de que ella no quería niños. En todo caso, Chikako no tuvo ninguno, ya fuera mientras su padre vivía o después de su muerte.

Quizá Chikako había realizado su confesión poco tiempo después de que Kikuji vio la mancha porque temía que el muchacho hablara del asunto.

Chikako no se había casado. Entonces, ¿la mancha había regido toda su vida?

Kikuji nunca se olvidó de ella. A veces incluso podía imaginar que sus destinos estaban enmarañados en esa mancha.

Cuando recibió la nota que lo avisaba de que ella se proponía realizar la ceremonia del té como excusa para presentarle a una joven, la mancha flotó ante él una vez más y, puesto que la presentación la realizaría Chikako, se preguntó si la joven tendría la piel perfecta, una piel libre de la más leve marca.

¿Había apretado su padre la mancha con los dedos alguna vez? ¿La había mordido incluso? Tales eran las fantasías de Kikuji.

Aún ahora, mientras caminaba por los jardines del templo y oía el gorjeo de los pájaros, éstas eran las fantasías que acudían a su mente.

Unos dos o tres años después del incidente, por alguna razón, Chikako se había vuelto masculina en sus modales. Ahora era bastante asexuada.

En la ceremonia de hoy, ella trajinaría de un lado a otro con energía. Quizá el pecho con la mancha se había marchitado. Kikuji sintió que una sonrisa de alivio afloraba a sus labios. Justo entonces, dos mujeres jóvenes se apresuraron detrás de él.

El muchacho se detuvo para dejarlas pasar.

—¿Saben ustedes si la casa que ocupa la señorita Kurimoto queda en esta dirección?

—Sí, así es —respondieron al unísono.

Kikuji ya lo sabía, y era evidente, por la vestimenta, que ellas se dirigían a una ceremonia del té. Había preguntado porque quería dejar claro para sí mismo que asistiría.

Una de las muchachas era hermosa. Llevaba un bulto envuelto en un pañuelo con un diseño blanco de mil grullas sobre un fondo rosado de crespón.

2

Cuando Kikuji llegó, las dos muchachas estaban cambiándose los *tabi* (2).

Miró el cuarto desde detrás de ellas. La habitación

(2) Medias cortas. *(N. de la t.)*

principal era grande, de unas ocho esterillas de extensión.

Aun así, los invitados presentaban una sólida hilera de rodillas. Parecía haber sólo mujeres, todas ellas con brillantes kimonos.

Chikako lo vio de inmediato. Como si estuviera sorprendida, se puso en pie para saludarlo.

—Entra, entra. ¡Qué fortuna! Por favor, entra desde allí. —Señaló la puerta corredera en el extremo superior de la habitación, antes del nicho.

Kikuji se ruborizó, y sintió cómo los ojos de todas las mujeres se posaban en él.

—Sólo hay mujeres.

—Hace un rato había un caballero, pero se marchó. Tú eres el único rayo de sol fulgurante.

—Apenas fulgurante, diría yo.

—Oh, no te preocupes, reúnes todos los requisitos. El único rayo escarlata.

Kikuji agitó la mano para indicar que prefería una puerta menos llamativa.

La joven que envolvía las medias usadas en el pañuelo con las mil grullas se hizo a un lado para dejarlo pasar.

La antesala estaba abarrotada con cajas de dulces, utensilios para el té que había llevado Chikako y bultos que pertenecían a los invitados. En un rincón alejado, una doncella lavaba algo.

Chikako entró.

—Bueno, ¿qué te parece? Una muchacha bonita, ¿no?

—¿La del pañuelo con las mil grullas?

—¿Pañuelo? ¿Qué sé yo sobre pañuelos? La que estaba aquí, la guapa. Es la joven Inamura.

Kikuji asintió vagamente.

—Pañuelo… ¡En qué cosas tan extrañas te fijas! Pensé que habíais llegado juntos; me sentí encantada.

—¿De qué hablas?

—Os encontrasteis en el camino. Es una señal de unión entre vosotros. Y tu padre conocía al señor Inamura.

—¿Sí?

—La familia tenía un negocio de seda en Yokohama. Ella no sabe nada sobre lo planeado para hoy. Puedes examinarla a gusto.

La voz de Chikako no era suave, y Kikuji se sentía angustiado por temor a que la oyeran a través de la puerta con paneles de papel que los separaba del grupo principal. De pronto, ella acercó su rostro al de él.

—Pero existe una complicación —bajó la voz—. La señora Ota está aquí, y su hija está con ella. —Estudió la expresión de Kikuji—. Yo no la invité, pero la norma es que cualquiera que esté en el vecindario puede asistir. El otro día incluso recibí a unos norteamericanos. Lo siento, pero ¿qué puedo hacer si ella huele un romance? Por supuesto, no sabe nada de ti y la muchacha Inamura.

—¿De mí y la muchacha Inamura? Pero yo…

Kikuji quería decir que no había ido preparado para un *miai*, un encuentro cuyo propósito era considerar una posible boda. Pero, por alguna razón, las palabras no salían de su boca. Sintió que se le agarrotaban los músculos de la garganta.

—La señora Ota es quien debería sentirse incómoda. Tú puedes simular que todo va bien.

La manera en que Chikako trataba aquel asunto lo fastidió.

Si bien la intimidad con su padre había tenido corta duración, durante el resto de la vida de él, Chikako había sido de utilidad en la casa. Había ayudado en la cocina cuando se realizaba una ceremonia del té, e incluso cuando esperaban invitados corrientes.

La idea de que la madre de Kikuji comenzara a sentir celos de la asexuada Chikako parecía algo divertido, merecedor sólo de una risa irónica. No cabía duda de que su madre sabía que el padre había visto la mancha, pero la tormenta ya había pasado, y Chikako, como si ella también lo hubiera olvidado, se convirtió en la acompañante de su madre.

Con el correr del tiempo, Kikuji también llegó a tratarla con naturalidad. A medida que dirigía sus caprichos infantiles hacia ella, la asfixiante repugnancia de su niñez pareció desvanecerse.

Tal vez el hecho de haber permanecido como un elemento asexuado y haberse convertido en una persona útil había sido lo más apropiado para Chikako.

Con la familia de Kikuji como base, tenía un modesto éxito como instructora en la ceremonia del té.

Kikuji incluso sintió una leve compasión por ella cuando, con la muerte de su padre, se le ocurrió que Chikako había reprimido a la mujer que llevaba en su interior después de aquel romance breve y fugaz.

La hostilidad de la madre de Kikuji, por otra parte, estaba refrenada por la cuestión de la señora Ota.

Después de la muerte de Ota, que había sido su compañero en la actividad referida al té, el padre de Kikuji se encargó de disponer de los utensilios de té de Ota y, de esta manera, se acercó a la viuda.

Chikako se apresuró a informar de ello a la madre de Kikuji.

Evidentemente, Chikako se convirtió en la aliada de su madre; una aliada, por cierto, demasiado perseverante. Acechaba al padre y con frecuencia amenazaba a la señora Ota. Sus latentes celos personales parecieron estallar.

La introspectiva y tranquila madre de Kikuji, desconcertada por su fogosa intervención, se preocupó por lo que la gente pudiera pensar.

Aun delante de Kikuji, Chikako regañaba con vehemencia a la señora Ota y, cuando su madre daba señales de desagrado, Chikako decía que a Kikuji no le haría daño escuchar.

—Y la vez anterior también, cuando fui para poner las cosas en claro, allí estaba la niña, escuchándolo todo. Imagínatelo. Y de repente oí un lloriqueo en la habitación contigua...

—¿Una niña? —La madre de Kikuji frunció el ceño.

—Sí. Once años, creo que dijo la señora Ota. Realmente, hay algo que no funciona bien en esa mujer. Pensé que regañaría a la niña por estar escuchando a escondidas, pero lo que hizo fue levantarse, traerla y sentarse frente a mí con ella en su regazo. Supongo que necesitaba a una actriz que la acompañara con los sollozos.

—Pero ¿no crees que eso es un poco triste para la pequeña?

—Es por eso por lo que deberíamos utilizar a la niña para vengarnos de ella. La niña lo sabe todo. Aunque debo decir que es muy bonita. Un pequeño rostro redondo. —Chikako miró a Kikuji—. Tal vez podríamos organizarlo todo para que Kikuji hablara con su padre…

—Intenta no derramar demasiado veneno, por favor. —Hasta la madre de Kikuji tuvo que protestar.

—Tú mantienes el condenado veneno dentro de ti, ése es el problema. Rebélate, suéltalo de una vez. Mira lo delgada que estás, y en cambio, ella, toda regordeta y resplandeciente. Hay algo en esa mujer que realmente no funciona: cree que, si solloza de manera lo suficientemente patética, todo el mundo la comprenderá. Y allí mismo, en la habitación en la que recibe al señor Mitani, tu marido, tiene un retrato de él. Me sorprende que el señor Mitani no le haya hablado del asunto.

Y, después de la muerte del padre de Kikuji, la misma señora Ota apareció con su hija en la ceremonia del té de Chikako.

Kikuji tuvo la sensación de que algo frío lo tocaba.

Chikako dijo que no había invitado a la señora Ota ese día. Aun así, era asombroso: las dos mujeres habían estado viéndose desde la muerte de su padre. Quizá incluso la hija estuviera recibiendo lecciones para la ceremonia del té.

—Si te molesta, puedo pedirle que se marche. —Chikako lo miró a los ojos.

—A mí me da igual. Pero si ella quiere marcharse…

—Si fuera una persona que tuviera en cuenta ese tipo de cosas, no les hubiera causado tanta infelicidad a tu padre y a tu madre.

—¿La hija está con ella? —Kikuji no la conocía.

Le parecía mal conocer a la muchacha de las mil grullas antes que a la señora Ota. Y sentía aún más rechazo ante la idea de conocer a la hija ese día.

Pero la voz de Chikako le rasgó los oídos y crispó sus nervios.

—Bueno, sabrá que estoy aquí. No puedo huir ahora. —Se puso de pie.

Kikuji entró por la puerta junto al nicho y ocupó un lugar en el extremo superior de la habitación.

Chikako lo siguió muy de cerca.

—Él es el señor Mitani. El hijo del anciano señor Mitani. —Su tono de voz era formal en extremo.

Kikuji hizo una reverencia y, mientras levantaba la cabeza, tuvo una clara visión de la hija. Se sintió algo turbado, pues en un principio no había distinguido a una dama de la otra en medio del brillante montón de kimonos. Ahora veía que la señora Ota estaba justo enfrente de él.

—Kikuji. —Era la señora Ota. Su voz, que se podía oír en toda la habitación, era francamente cariñosa—. Hace tanto tiempo que no te escribo. Y hace tanto tiempo que no te veo. —Tiró de la manga de su hija, instándola a que se apresurara con los saludos. La hija se ruborizó y miró al suelo.

Para Kikuji, aquella situación era muy extraña. No podía detectar la más leve hostilidad en el comportamiento de la señora Ota. La mujer parecía absolutamente cordial, tierna, rendida de placer ante el inesperado encuentro, por lo que uno sólo podía concluir que desconocía por completo su lugar en la reunión.

La hija se sentó ceremoniosamente, con la cabeza inclinada.

Luego, al percatarse de ello, la señora Ota también se ruborizó. Sin embargo, siguió mirando a Kikuji, como si quisiera correr a su lado o como si hubiera cosas que quisiera decirle.

—Entonces, estás estudiando para la ceremonia del té, ¿no?

—No sé nada en absoluto al respecto.

—¿De verdad? Pero lo llevas en la sangre. —Las emociones que sentía parecían sobrepasarla. Tenía los ojos húmedos.

Kikuji no la había visto desde el funeral de su padre. Apenas había cambiado en esos cuatro años.

El cuello blanco, un poco largo, era como siempre había sido, y los hombros regordetes combinaban de una manera extraña con el cuello esbelto: tenía una figura joven para sus años. La boca y la nariz eran pequeñas en proporción a los ojos. La nariz, si uno se molestaba en observar, estaba modelada con nitidez y era sumamente atractiva. Cuando hablaba, su labio superior sobresalía ligeramente hacia adelante, como si estuviera haciendo pucheros.

La hija había heredado el cuello largo y los hombros regordetes. Sin embargo, su boca era más grande y la mantenía apretadamente cerrada. Había algo casi divertido en los finos labios de la madre junto a los de su hija.

La tristeza empañaba los ojos de la muchacha, más oscuros que los de la madre.

Chikako removió las brasas del brasero.

—Señorita Inamura, prepare té para el señor Mitani. No creo que le haya tocado todavía.

La muchacha de las mil grullas se puso en pie.

Kikuji la había visto junto a la señora Ota. Sin embargo, había evitado mirarla una vez que vio a la señora Ota y a su hija.

Evidentemente, Chikako estaba exhibiendo a la muchacha para que él la inspeccionara.

Una vez que ocupó su lugar junto al brasero, se volvió hacia Chikako.

—¿Qué tazón debo usar?

—Déjame ver. El Oribe (3) es el más apropiado —respondió Chikako—. Perteneció al padre del señor Mitani. Le tenía mucho cariño, y él me lo regaló a mí.

Kikuji reconoció el tazón de té que Chikako había colocado frente a la muchacha. En verdad, había pertenecido a su padre, y él, a su vez, lo había recibido de la señora Ota.

¿Y qué pasaba con la señora Ota, que en la ceremonia de hoy veía un tazón que había sido atesorado por su difunto esposo y había pasado del padre de Kikuji a Chikako?

Kikuji se sentía consternado por la falta de tacto de Chikako.

Aunque uno no podía evitar concluir que también la señora Ota había mostrado cierta falta de tacto.

Allí, preparando té para él, completamente al margen de las enconadas historias de las mujeres de edad madura, la joven Inamura le pareció muy hermosa.

(3) Porcelana Seto del siglo XVI. *(N. de la t.)*

3

Ajena totalmente al hecho de que la estaban exhibiendo, ejecutó la ceremonia sin vacilar y ella misma colocó el té delante de Kikuji.

Después de beber, el joven miró el tazón. Era un Oribe negro, salpicado de blanco en un costado y decorado allí también de negro, con unos brotes de helecho en forma de gancho.

—Supongo que lo recuerdas —dijo Chikako desde el otro lado de la habitación.

Kikuji respondió de manera evasiva y bajó el tazón.

—El diseño da la sensación de las montañas en él —prosiguió ella—. Es uno de los mejores tazones que conozco para comienzos de la primavera. Tu padre lo utilizaba con frecuencia. Estamos un poco fuera de estación, pero pensé que para ti...

—Pero ¿qué importancia tiene que mi padre lo tuviera durante un tiempo? Después de todo, tiene cuatrocientos años. Su historia se remonta a Momoyama y al propio Rikyu (4). Lo han cuidado maestros del té y ha ido pasando a través de los siglos. Mi padre no es tan importante. —Kikuji trató de zanjar de este modo el tema.

El tazón había pasado de Ota a su esposa, de ésta al padre de Kikuji, y del padre de Kikuji a Chikako. Los dos

(4) Sen Rikyu (1521-1591) fue uno de los primeros maestros de la ceremonia del té. *(N. de la t.)*

hombres, Ota y el padre de Kikuji estaban muertos, y las dos mujeres, en cambio, estaban allí. Había algo casi fantasmagórico en la historia del tazón.

De nuevo estaban allí reunidas la viuda de Ota y su hija, y Chikako y la joven Inamura y otras muchachas también; tomaban el viejo tazón de té entre las manos y se lo llevaban a los labios.

—¿Podría beber té yo también del Oribe? —preguntó de repente la señora Ota—. Me diste uno diferente la última vez.

Kikuji se sobresaltó de nuevo. ¿Aquella mujer era tonta o no tenía vergüenza alguna?

El joven sintió una gran compasión por la hija, que permanecía sentada con la cabeza baja.

La joven Inamura realizó la ceremonia una vez más para la señora Ota. Todos la observaban. Probablemente, ella no conocía la historia del Oribe negro. Llevó a cabo los ensayados movimientos.

Fue un desempeño directo, desprovisto por entero de singularidades personales. Su porte, desde los hombros hasta las rodillas, sugería buenos modales y refinamiento.

La sombra de las hojas jóvenes caía sobre la puerta de papel. Uno percibía el suave reflejo que emanaba de los hombros y de las largas mangas del alegre kimono. El cabello parecía luminoso.

En realidad, la luz era demasiado brillante para una casa de té, pero hacía resplandecer la juventud de la muchacha. La servilleta de té, a tono con la muchacha, era roja e impresionaba menos por su suavidad que por su lozanía, como si de la mano de la muchacha floreciera una flor roja.

Y uno veía mil grullas, pequeñas y blancas, que comenzaban a volar a su alrededor.

La señora Ota tomó el Oribe negro en la palma de su mano.

—El té verde contra el negro, como las señales del verde a comienzos de la primavera.

Pero ni siquiera entonces mencionó que el tazón había pertenecido a su esposo.

Después hubo una inspección mecánica de los utensilios de té. Las muchachas sabían poco sobre ellos y la mayoría estuvieron satisfechas con la explicación de Chikako.

La jarra para el agua y el medidor de té habían pertenecido al padre de Kikuji, pero ni él ni Chikako mencionaron el hecho.

Mientras Kikuji observaba a las muchachas marcharse, la señora Ota se le acercó.

—Temo haber sido muy descortés. Debo de haberte fastidiado, pero cuando te vi me pareció que los viejos tiempos eran lo más importante...

—¿Sí?

—Pero mira el caballero en que te has convertido. —Parecía a punto de echarse a llorar—. Oh, sí. Tu madre... Tenía intención de asistir al funeral, pero luego, por alguna razón, no pude.

Kikuji se sentía incómodo.

—Tu padre y luego tu madre... Debes de estar muy solo.

—Sí, quizá lo estoy.

—¿No te marchas todavía?

—Bueno, en realidad...

—Hay tantas cosas sobre las que alguna vez deberíamos hablar.

—Kikuji —llamó Chikako desde la habitación contigua.

La señora Ota se puso en pie con pesar. Su hija había salido ya y la estaba esperando en el jardín.

Las dos se marcharon después de despedirse de Kikuji con una leve inclinación de la cabeza. Había un aire de súplica en los ojos de la muchacha.

Chikako, con una doncella y dos o tres de sus discípulas preferidas, estaba limpiando la otra habitación.

—¿Qué te ha dicho la señora Ota?

—Nada en particular. Nada en absoluto.

—Debes tener cuidado con ella. Tan dócil y suave, siempre se las ingenia para parecer completamente inofensiva. Pero uno nunca puede saber lo que está pensando.

—Supongo que asiste a menudo a tus celebraciones, ¿no? —preguntó Kikuji con un deje de sarcasmo—. ¿Desde cuándo?

Para escapar del veneno de Chikako, se encaminó hacia el jardín.

La mujer lo siguió.

—¿Te gusta ella? Es bonita, ¿no crees?

—Sí, una muchacha muy bonita. Y hubiera parecido más bonita si la hubiera conocido sin todos vosotros revoloteando alrededor: tú, la señora Ota y el fantasma de mi padre.

—¿Por qué debería molestarte eso? La señora Ota no tiene nada que ver con la joven Inamura.

—Es sólo que no me pareció apropiado para la muchacha.

—¿Por qué? Si te ha molestado que la señora Ota haya estado aquí, me disculpo, pero debes recordar que yo no la invité. Y debes pensar en la joven Inamura por separado.

—Me temo que debo marcharme. —Se detuvo. Si salía caminando con Chikako, no había forma de saber cuándo lo dejaría ella.

Solo otra vez, notó que las azaleas de la ladera de la montaña tenían pimpollos. Lanzó un profundo suspiro.

Estaba disgustado consigo mismo por haberse dejado seducir por la nota de Chikako, aunque la imagen de la muchacha con el pañuelo de las mil grullas se imponía, lozana y nítida.

Quizá había sido por ella por lo que la reunión con dos de las mujeres de su padre no lo había contrariado aún más.

Ellas todavía hablaban de él, y su madre estaba muerta. Sintió una oleada de enojo. Volvió a recordar la horrible mancha de Chikako.

Una brisa vespertina hacía crujir las hojas nuevas. Kikuji caminaba lentamente, sombrero en mano.

Desde lejos vio a la señora Ota, de pie a la sombra del portón principal.

Buscó una manera de evitarla. Si optaba por la derecha o por la izquierda, era probable que pudiera abandonar el templo por otra salida.

No obstante, se encaminó hacia el portón. Una leve insinuación de severidad le inundó el rostro.

La señora Ota lo vio y se acercó a él. Tenía las mejillas encendidas.

—Te estaba esperando. Quería verte de nuevo. Tal vez te parezca desvergonzada, pero tengo que decirte algo más. Si nos hubiéramos despedido allí, no habría tenido manera de saber cuándo te vería otra vez.

—¿Dónde está tu hija?

—Fumiko ha seguido caminando. Iba con una amiga.

—¿Entonces sabía que tú estarías esperándome?

—Sí. —Lo miró a los ojos.

—Dudo que lo apruebe. En la casa sentí pena por ella. Era obvio que no quería verme. Puede que las palabras hayan sido bruscas y, por otra parte, quizá hayan sido prudentes, pero la respuesta de ella fue muy franca.

—Verte fue una prueba para Fumiko.

—Porque mi padre le causó un enorme dolor…

Kikuji quería sugerir que la señora Ota le había causado un enorme dolor.

—En absoluto. Tu padre fue muy bueno con ella. Algún día te hablaré de ello. Al principio, Fumiko no se mostraba amistosa, no importaba lo amable que fuera él; pero luego, cuando la guerra estaba terminando, cuando los ataques aéreos eran espantosos, cambió. No tengo ni idea de por qué. A su manera, hizo todo lo que pudo por él. Lo mejor que pudo, digo, aunque era sólo una niña. Lo mejor era salir para comprar pollo, pescado y cosas semejantes para él. Tenía mucha determinación y no le importaba correr riesgos. Salía al campo para conseguir arroz, aun durante los ataques. Tu padre estaba asombrado, el cambio había sido tan repentino... Yo, por mi parte, lo encontraba muy conmovedor, tan conmovedor que casi me dolía. Al mismo tiempo, sentía que me regañaban.

Kikuji se preguntó si él y su madre también habían recibido favores de la muchacha Ota. ¿Los notables presentes que su padre llevaba de tanto en tanto a la casa eran parte de sus adquisiciones?

—No sé por qué cambió Fumiko. Quizá fue porque no sabíamos si al día siguiente seguiríamos con vida. Supongo que ella sentía pena por mí y fue a trabajar también para tu padre.

En la confusión de la derrota, la muchacha debió de advertir con cuánta desesperación su madre se aferraba al padre de Kikuji. En la violenta realidad de aquellos días, debió de dejar en el pasado a su propio padre y sólo vio la realidad presente de su madre.

—¿Te percataste del anillo que llevaba Fumiko?

—No.

—Tu padre se lo regaló. Aun cuando estaba conmigo, tu padre volvía al hogar si avisaban que habría un ataque aéreo. Fumiko lo acompañaba a casa, y nadie podía convencerla de lo contrario. No había manera de saber lo que le sucedería si iba solo, decía ella. Una noche, Fumiko no regresó. Yo tenía esperanzas de que se hubiera quedado en tu casa, pero al mismo tiempo temía que los hubieran matado a ambos. Luego, por la mañana, ella regresó y dijo que lo había acompañado hasta el portón de tu casa y había pasado el resto de la noche en un refugio. La siguiente vez que vino, él se lo agradeció y le regaló ese anillo. Estoy segura de que se sintió avergonzada de que lo vieras.

Kikuji estaba muy incómodo. Y le resultaba extraño que la mujer, como si fuera lo más normal del mundo, pareciese esperar compasión.

Sin embargo, su estado de ánimo no distinguía con claridad si era disgusto o desconfianza. Ella irradiaba una calidez que le hacía bajar la guardia.

Cuando la muchacha hacía desesperadamente todo lo que podía por su padre, ¿cuidaba a su madre y, al mismo tiempo, se mostraba incapaz de cuidarla?

Kikuji pensó que la señora Ota, al hablar de la muchacha, estaba hablando de su propio amor.

Con toda aquella pasión, parecía estar suplicando algo y, en su implicación final, el ruego parecía no distinguir entre el padre de Kikuji y el propio Kikuji. Había en el ruego una nostalgia profunda y afectuosa, como si ella estuviera hablando con el padre de Kikuji.

La hostilidad que Kikuji, al igual que su madre, sentía por la señora Ota había perdido algo de fuerza, aunque no había desaparecido por completo. Incluso temió que, si no se andaba con cuidado, pudiera encontrar en su propia persona al padre que había amado la señora Ota. Lo tentó imaginar que hacía mucho tiempo había conocido el cuerpo de aquella mujer.

Su padre pronto había abandonado a Chikako, Kikuji lo sabía, pero había estado con la señora Ota hasta su muerte. Aun así, era probable que Chikako se hubiera burlado de la señora Ota. Kikuji vio en su propia persona señales de la misma crueldad, y halló algo seductor en la idea de que podía hacerle daño con cierta alegría.

—¿Asistes a menudo a las reuniones de Chikako? —preguntó—. ¿No te hartaste lo suficiente de ella en los viejos tiempos?

—Recibí una carta suya después de la muerte de tu padre. Yo lo extrañaba muchísimo, me sentía muy sola. —Hablaba con la cabeza inclinada.

—¿Y asiste también tu hija?

—¿Fumiko? No, Fumiko sólo me acompaña.

Habían cruzado las vías y habían dejado atrás la estación Kamakura Norte. Ahora trepaban por la colina situada frente al Engakuji.

4

La señora Ota tenía al menos cuarenta y cinco años, unos veinte más que Kikuji, pero logró que él olvidara su edad cuando hicieron el amor. Kikuji sentía que tenía entre sus brazos a una mujer más joven que él.

Al compartir una felicidad que provenía de la experiencia de la mujer, Kikuji no sentía en absoluto la reticencia bochornosa de la inexperiencia.

Sentía como si fuera la primera vez que conocía a una mujer y como si por primera vez se conociera a sí mismo como hombre. Era un extraordinario despertar. Nunca había imaginado que una mujer podía ser tan enteramente dócil y receptiva, una pareja que lo acompañaba y, al mismo tiempo, lo inducía a sumirse en una fragancia tibia.

Kikuji, el solterón, a menudo se había sentido mancillado después de tales encuentros; pero ahora, cuando la sensación de contaminación debía resultar más aguda, sólo era consciente del tibio reposo.

Casi siempre quería hacer de su partida un momento brusco, pero hoy era como si por primera vez alguien estuviera cálidamente a su lado, y él se dejaba arrastrar de buena gana. Hasta entonces no había visto cómo podía acompañar la oleada femenina. Al entregar su cuerpo a esa ola, sintió incluso una satisfacción que era como adormecerse en la victoria, el conquistador a quien un esclavo le lava los pies.

Y había un sentimiento maternal en ella.

—Chikako tiene una mancha de nacimiento enorme. ¿Lo sabías? —dijo, meneando la cabeza. Sin pensarlo de antemano, había introducido lo desagradable. Posiblemente porque las fibras de su conciencia se habían relajado, aunque no sintió que con ello agraviaba a Chikako. Extendió la mano—. Aquí, en el pecho, así.

Algo había brotado en su interior para hacerlo decir eso. Algo urticante que quería surgir contra el mismo Kikuji y herir a la mujer. O quizá tan sólo ocultaba la dulce timidez de querer ver su cuerpo, de ver dónde se ubicaba la mancha.

—¡Qué repugnante! —Ella se acomodó el kimono con rapidez. Pero allí parecía haber algo que no podía aceptar por completo—. No lo sabía —dijo sosegadamente—. No puedes verla a través del kimono, ¿no?

—No, es imposible.

—¡No! ¿Cómo puedes...?

—Sería visible si estuviese aquí, así, me imagino.

—Un momento. ¿Estás mirándome para ver si yo también tengo una mancha de nacimiento?

—No. Pero me pregunto cómo te sentirías en un momento como éste si tuvieras una mancha como la suya.

—¿Aquí? —La señora Ota se miró el pecho—. Pero ¿por qué tienes que hablar de eso ahora? ¿Qué importa? —A pesar de la protesta, sus modales eran dóciles. El veneno diseminado por Kikuji parecía no surtir efecto, sino que regresaba a raudales al propio Kikuji.

—Sí importa. Yo la vi una vez, cuando tenía ocho o nueve años, y puedo verla incluso hoy.

—¿Por qué?

—Tú también estuviste bajo el hechizo de esa mancha. ¿No es cierto que Chikako te atacó como si estuviera peleando por mi madre y por mí?

La señora Ota asintió y se apartó. Kikuji le imprimió fuerza a su abrazo.

—Ella siempre fue consciente de esa mancha. La hizo cada vez más rencorosa.

—Qué idea tan aterradora.

—Y quizá también quiso vengarse de mi padre.

—¿Por qué?

—Pensó que él la menospreciaba por la mancha. Incluso puede que se convenciera de que él la había abandonado por esa causa.

—No hablemos de una cosa tan repugnante. —Pero ella estaba haciéndose una idea clara de la mancha en su cabeza—. Supongo que la señorita Kurimoto ya no se preocupa por eso. Hace mucho tiempo que debe de haberse disipado el dolor.

—¿Entonces el dolor se disipa y no deja rastros?

—Uno a veces hasta se pone sentimental por su causa. —Hablaba como si aún estuviera medio dormida.

Luego Kikuji dijo aquello que a toda costa tenía intenciones de no decir:

—¿Recuerdas a la muchacha que estaba a tu izquierda esta tarde?

—Sí, Yukiko. La joven Inamura.

—Chikako me invitó hoy a la ceremonia del té para que pudiera verla.

—¡No! —Ella lo miró con los ojos muy abiertos, sin pestañear—. ¿Era un *miai*? Nunca lo hubiera sospechado.

—No exactamente.

—Eso era. Camino a casa después de un *miai*... —Una lágrima dibujó una línea desde el ojo hasta la almohada. Los hombros le temblaban—. Ha sido inapropiado, totalmente inapropiado. ¿Por qué no me lo has dicho?

Apretaba el rostro contra la almohada.

Kikuji no esperaba una respuesta tan violenta.

—Si es inapropiado es inapropiado, no importa que regrese a casa de un *miai* o no —repuso él sinceramente—. No veo la relación entre ambas cosas.

Pero la figura de la muchacha Inamura junto al brasero de té se le antepuso. Podía ver el pañuelo rosado y las mil grullas.

La figura de la mujer sollozando se había vuelto fea.

—Oh, ha sido inapropiado. ¿Cómo he podido hacerlo? Hay tantas cosas de las que soy culpable... —Sus hombros regordetes temblaban.

Si Kikuji se hubiera arrepentido del encuentro, habría sentido la acostumbrada sensación de contaminación. Al margen de la cuestión del *miai*, era la mujer de su padre.

Pero, hasta el momento, no sentía arrepentimiento ni aversión.

No comprendía cómo había sucedido, había ocurrido con tanta naturalidad. Quizá estuviera disculpándose por haberlo seducido y, aun así, probablemente ella no había tenido intenciones de seducirlo ni Kikuji sentía que lo hubiera seducido. No había existido, por parte de la mujer, el menor atisbo de resistencia. No había habido escrúpulos, por decirlo de algún modo.

Habían ido a una posada en la colina situada frente al Engakuji y habían cenado, mientras ella aún seguía hablando del padre de Kikuji. Él no tenía por qué escuchar. En efecto, en cierta medida era extraño que hubiera escuchado tan tranquilo, pero la señora Ota, evidentemente sin la menor sensación de extrañeza, pareció excusarse por sus anhelos del pasado. Al escucharla, Kikuji se sintió intensamente benévolo; un cariño apacible lo embargó.

Y entonces pensó que su padre había sido feliz.

Ahí, quizá, residía el origen del error. El momento de decirle que se marchara había pasado, y en la dulce flojera de su corazón, Kikuji se rindió.

Pero en lo más profundo de su ser quedó una sombra oscura, y por eso, con malicia, habló de Chikako y de la joven Inamura.

El veneno fue demasiado eficaz. Con el arrepentimiento llegó la idea de contaminación y repugnancia, y lo inundó una violenta oleada de odio hacia sí mismo que lo forzó a decir algo todavía más cruel.

—Olvidémoslo. No ha sido nada —dijo ella—. Nada en absoluto.

—¿Pensabas en mi padre?

—¡Qué! —Ella levantó la mirada, sorprendida. Tenía los párpados enrojecidos por el llanto. Los ojos estaban empañados y, en las pupilas dilatadas, Kikuji vio la habitual languidez femenina—. No tengo respuesta para eso. Pero soy una persona muy desdichada.

—No necesitas mentirme. —Kikuji le abrió el kimono con brusquedad—. Si ahí hubiera habido una mancha de nacimiento, nunca lo habrías olvidado. El recuerdo… —Estaba desconcertado por sus propias palabras.

—No debes mirarme fijamente. Ya no soy joven.

Kikuji se le acercó como si fuera a morderla.

La oleada anterior regresó, la oleada femenina.

Y se quedó dormido sintiéndose seguro.

Adormilado, oyó el gorjeo de los pájaros. Era como si por primera vez despertara con el canto de los pájaros.

Una niebla matinal humedecía los árboles de la veranda. Kikuji sintió como si hubieran lavado las partes más recónditas de su mente. No pensaba en nada.

La señora Ota dormía de espaldas a él. Se preguntó cuándo se había dado la vuelta. Apoyado en un codo, le miró el rostro en la oscuridad.

5

Unas dos semanas más tarde, la joven Ota visitó a Kikuji.

Él hizo que una doncella la condujera hasta el recibidor. En un esfuerzo por aplacar los latidos de su corazón, abrió el aparador del té y sacó algunos dulces. ¿La muchacha habría acudido sola o estaría la madre esperando fuera, incapaz de entrar?

Cuando abrió la puerta, la joven se puso en pie. Tenía la cabeza inclinada y Kikuji vio el sobresaliente labio inferior firmemente cerrado.

—Te he hecho esperar. —Kikuji abrió las puertas de cristal que daban al jardín. Cuando pasó por detrás de la muchacha, sintió el tenue perfume de la peonía blanca en el florero. Sus hombros regordetes estaban apenas inclinados hacia adelante—. Por favor, siéntate. —Kikuji tomó asiento a su vez. Se sentía extrañamente sosegado viendo la imagen de la madre en la hija.

—En realidad, debería haber llamado por teléfono antes de venir. —Aún tenía la cabeza inclinada.

—En absoluto. Pero me sorprende que hayas encontrado el lugar.

Ella meneó la cabeza.

Entonces, Kikuji recordó: durante los ataques aéreos, la chica había acompañado a su padre hasta el portón. La señora Ota se lo había contado en el Engakuji.

Estuvo a punto de mencionarlo, pero se contuvo y miró a la muchacha.

La cordialidad de la señora Ota lo persuadió como una ducha tibia. Ella, recordó Kikuji, había renunciado a todo mansamente y él se había sentido a resguardo.

A causa de ese resguardo, ahora sentía que su fatiga se desvanecía. La muchacha no le devolvió la mirada.

—Yo... —Se detuvo y levantó la vista—. Vengo a pedirle algo... Acerca de mi madre.

Kikuji contuvo el aliento.

—Quiero que la perdone.

—¿Que la perdone? —Kikuji se percató de que la madre le había hablado a la hija sobre él—. Soy yo quien debe ser perdonado, si es que hay alguien que debe serlo.

—Me gustaría que la perdonara en nombre de su padre también.

—¿Y no es él quien debería ser perdonado? Pero, de todos modos, mi madre ya no vive. Así que, ¿quién impartiría el perdón?

—Es culpa de mi madre que su padre muriera tan pronto. Y también su madre. Así se lo dije a mi madre.

—Estás imaginando cosas que no son. No debes ser cruel con ella.

—Mi madre debería haber muerto primero. —Hablaba como si sintiera que la vergüenza era intolerable.

Kikuji se dio cuenta entonces de que la muchacha hablaba de su relación con su madre. ¡Cuán profundamente debieron de herirla y avergonzarla!

—Quiero que la perdone —dijo ella una vez más con un ruego apremiante en la voz.

—No es cuestión de perdonar o no perdonar. Le estoy agradecido a tu madre.

—Ella es mala. No es buena persona, y usted no debe tener nada más que ver con ella. No debe preocuparse por ella. —Las voz le temblaba mientras las palabras manaban de su boca—. Por favor.

Kikuji comprendió lo que la muchacha quería decirle cuando le hablaba de perdonar. Su ruego incluía la petición de que no viera más a la señora Ota.

—No la llame por teléfono. —La muchacha se ruborizó al decirlo. Levantó la cabeza y lo miró, como si estuviera haciendo un esfuerzo por dominar la timidez. Había lágrimas en sus ojos abiertos, casi negros, y ningún rastro de malicia. Los ojos exponían una petición desesperada.

—Entiendo —dijo Kikuji—. Lo siento.

—Por favor, se lo ruego. —A medida que la vergüenza iba calando en ella, el rubor se desparramaba por su largo y níveo cuello. Iba vestida al estilo europeo y un collar resaltaba la belleza de su garganta—. Ella concertó una cita con usted por teléfono, y no cumplió. Yo la detuve. Cuando iba a salir, me aferré a ella y no le permití marcharse. —La voz transmitía ahora un deje de alivio.

Al tercer día de su encuentro, Kikuji había telefoneado a la señora Ota. El joven tuvo la impresión de que ella estaba rebosante de júbilo, pero en cambio no acudió a la cita en el salón de té.

Al margen de esa llamada telefónica, Kikuji no había vuelto a establecer contacto con ella.

—Después sentí pena por ella, pero en el momento

era algo tan despreciable... Estaba desesperada por impedir que fuera. Entonces me pidió que me negara en su nombre, pero llegué hasta el teléfono y no pude decir nada. Mi madre miraba fijamente el teléfono y las lágrimas le corrían por el rostro.

Ambos guardaron silencio durante un rato. Luego habló Kikuji:

—¿Por qué abandonaste a tu madre después de la fiesta de Chikako, mientras me esperaba?

—Porque quería que usted supiera que no era tan mala como podría haber pensado.

—Tu madre no es en absoluto mala.

La muchacha bajó la mirada. Bajo la nariz bien delineada podía ver la pequeña boca y el labio inferior, que sobresalía como si estuviera haciendo pucheros. El rostro suavemente redondeado le recordaba al de su madre.

—Yo sabía que la señora Ota tenía una hija y deseaba poder hablar con ella acerca de mi padre.

La muchacha asintió.

—Yo deseaba más o menos lo mismo.

Kikuji pensó lo bueno que sería poder hablar con libertad de su padre, sin tener en cuenta a la señora Ota.

Pero era precisamente porque ya no podía «tenerla más en cuenta» por lo que pudo perdonarla y, al mismo tiempo, sentir que perdonaba lo que ella y su padre habían sido. ¿Debía encontrar extraño el hecho?

Quizá, sospechando que se había quedado demasiado tiempo allí, la muchacha se puso en pie precipitadamente.

Kikuji la acompañó hasta el portón.

—Espero que alguna vez tengamos la oportunidad de hablar de mi padre. Y de tu madre y de toda la belleza que hay en ella. —De alguna manera, Kikuji temió haber elegido una forma exagerada de expresarse. Sin embargo, sentía lo que había dicho.

—Pero usted se casará pronto.

—¿Ah, sí?

—Sí. Mi madre me lo contó. Me dijo que era un *miai* con la joven Inamura.

—No era eso.

Una pendiente comenzaba al salir del portón y, a mitad de camino, la calle hacía una curva. Al mirar hacia atrás, uno sólo veía los árboles del jardín de Kikuji.

Recordó la imagen de la muchacha con el pañuelo de las mil grullas. Fumiko se detuvo y se despidió de él.

Kikuji regresó al interior de la casa.

Árboles en el sol de la tarde

Chikako llamó por teléfono a la oficina de Kikuji.

—¿Regresarás directamente a casa?

Él tenía la intención de ir directamente a su casa, pero frunció el ceño.

—Bueno...

—Ve derecho a casa, por respeto a tu padre. Hoy es el día de su ceremonia del té. Yo, pensando en eso, apenas he podido quedarme quieta.

Kikuji no dijo nada.

—La casa del jardín... ¿Hola? Estaba limpiando la casita del jardín y de repente quise cocinar algo.

—¿Desde dónde llamas?

—Desde tu casa. Estoy en tu casa. Disculpa, debería habértelo dicho.

Kikuji se sentía alarmado.

—Simplemente, no podía quedarme quieta. Pensé que me sentiría mejor si me dejabas limpiar la casita del jardín. Debería haberte telefoneado primero, lo sé, pero seguro que tú te habrías negado.

Kikuji no había utilizado la casita del jardín desde la muerte de su padre.

En los meses previos a su muerte, su madre había salido de vez en cuando para sentarse en la casita. Sin embargo, no colocaba carbón en el brasero ni llevaba agua caliente consigo. Kikuji esperaba inquieto su regreso; lo afligía imaginar lo que ella estaría pensando, sola, en la quietud.

A veces había querido visitarla de paso, pero al final había mantenido la distancia.

Chikako se había ocupado de la casita más que su madre mientras su padre vivía. Su madre rara vez entraba allí.

Desde la muerte de su madre, había permanecido cerrada. Una doncella que había servido a la familia desde la época de su padre la aireaba varias veces al año.

—¿Cuándo fue la última vez que limpiaste ese lugar? No importa lo fuerte que frote, no puedo sacar el moho. —Su voz era estridente—. Y cuando estaba limpiando, me entraron ganas de cocinar. Así, de pronto. No tengo todo lo que necesito, pero espero que vengas derecho a casa.

—¿No crees que estás siendo un poco impertinente?

—Estarás solo. ¿Por qué no traes algunos amigos de la oficina?

—No. Ninguno de ellos está interesado en el té.

—Mucho mejor. No esperarán demasiado, los preparativos han sido insuficientes. Todos podemos distendernos.

—No, no hay ni la más mínima probabilidad de que acepten venir. —Kikuji lanzó las palabras al teléfono.

—Una lástima. ¿Qué haremos, entonces? ¿Crees que podríamos llamar a alguien que compartiera el pasatiempo con tu padre? Aunque a estas horas... ¿Y si llamo a la joven Inamura?

—¿Estás bromeando?

—¿Por qué no? Las Inamura están muy interesadas en ti, y ésta sería la oportunidad perfecta para que vieras a la muchacha otra vez, la examinaras bien y hablaras con ella. Yo simplemente la llamaré por teléfono. Si viene, ésa será la señal de que, en lo que a ella respecta, todo está en orden.

—La idea no me gusta en absoluto. —Kikuji sintió que el pecho se le oprimía dolorosamente—. Y, de todas formas, no regresaré a casa.

—Ése no es de la clase de temas que se resuelven por teléfono. Hablaremos de ello más tarde. Bueno, así son las cosas. Ven a casa ahora mismo.

—¿Cómo son las cosas...? ¿De qué hablas?

—Oh, déjalo. Sólo estaba siendo impertinente. —La maliciosa persistencia de Chikako le llegó a través del cable del teléfono.

Kikuji pensó en la mancha de nacimiento que le cubría medio pecho. El sonido de su escoba se convirtió en una escoba que le barría la mente, y el paño que lustraba la veranda, en un paño que le frotaba la cabeza.

La aversión llegó primero. El hecho de que hubiera ido a su casa en su ausencia y hubiera invadido su cocina lo irritaba profundamente.

Habría sido más fácil perdonarla si se hubiera limitado a limpiar la casita del jardín y hubiera depositado algunas flores en memoria de su padre.

Aun así, dentro de la aversión que sentía, titiló la imagen de la joven Inamura, una veta de luz.

Después de la muerte de su padre, Chikako se había alejado de él. ¿Tenía intenciones de utilizar a la joven Inamura como una especie de carnada para acercarlo otra vez?

Como siempre, ella había logrado hacer que resultara interesante: uno sonreía con desconsuelo y las propias defensas caían; aunque su obstinación parecía contener una amenaza.

Kikuji temió que esa amenaza tuviera su origen en su propia debilidad. Débil y temblando, realmente no podía enojarse con la insistente mujer.

¿Había percibido ella esa debilidad y se apresuraba a sacar tajada?

Kikuji se dirigió a Ginza y entró en un bar pequeño y mugriento.

Chikako tenía razón: debería regresar a casa. Pero la debilidad era una carga pesada de llevar.

No era probable que Chikako supiera que Kikuji había pasado la noche en la posada de Kamakura, ¿o tal vez había hablado con la señora Ota?

Sin embargo, el joven tuvo la impresión de que en la persistencia de Chikako no había nada más que su acostumbrada desfachatez.

Durante un rato se entretuvo inquieto en el bar, y luego se encaminó hacia la casa.

Mientras el tren se acercaba a la estación central de Tokio, observó la avenida bordeada de árboles. Corría de este a oeste, casi en ángulo recto con las vías del ferrocarril. El sol la bañaba desde el oeste y la calle resplandecía como una lámina de metal. Los árboles, con el sol detrás, estaban oscurecidos, casi negros. Las sombras eran frías; las ramas, anchas; las hojas, voluminosas. Unos edificios sólidos de estilo occidental flanqueaban la calle.

Cosa extraña, había poca gente. La avenida estaba tranquila y vacía a lo largo de todo el camino que llegaba al foso del palacio. Los faros de los coches, brillantes y cegadores, también estaban calmos.

Mirando desde el tren abarrotado, sintió que la calle flotaba sola en ese peculiar momento de la tarde, como si un país extranjero la hubiera dejado caer allí.

Kikuji tuvo la ilusión de que la joven Inamura caminaba en la sombra de los árboles, el pañuelo rosa y sus mil grullas blancas bajo el brazo. Podía ver las grullas y el pañuelo con nitidez.

En ese instante percibió algo fresco y limpio.

Se le hinchó el pecho. Quizá en ese mismo instante la muchacha estuviera llegando a su puerta.

Pero ¿qué había tenido Chikako en mente al decirle que llevara amigos y, cuando él se negó, al sugerirle que llamaría a la joven Inamura? ¿Tal vez su intención había sido llamar a la muchacha desde un principio? Kikuji no lo sabía.

Chikako llegó corriendo a la puerta.

—¿Vienes solo?

Kikuji asintió.

—Es mejor así. Ella está aquí. —Chikako tomó su sombrero y el maletín—. Te detuviste de camino a casa, ya veo. —Kikuji se preguntó si el aliento le olería a alcohol—. ¿Dónde has estado? Llamé otra vez a la oficina y me dijeron que te habías marchado. No sabía cuánto tiempo tardarías en venir.

—Nada de lo que hagas debería sorprenderme, supongo.

Chikako no se disculpó en absoluto por haber tomado posesión de su casa.

Era evidente que tenía intenciones de acompañarlo a su habitación y ayudarlo a cambiarse la ropa por el kimono que la doncella le había dejado preparado.

—No te molestes. Puedo arreglármelas solo. —En mangas de camisa, Kikuji se retiró a su habitación.

Pero Chikako todavía estaba esperándolo cuando salió.

—Los solteros sois increíbles.

—Mucho.

—Pero no es una buena manera de vivir. Hagamos un cambio.

—Aprendí la lección de mi padre, gracias.

Ella clavó sus ojos en él.

Había tomado prestado un delantal de la doncella y llevaba las mangas arremangadas. El delantal había pertenecido a la madre de Kikuji.

La carne de sus brazos era desproporcionadamente blanca y regordeta, y el músculo del interior del codo era como una cuerda. «Qué raro», pensó Kikuji. La carne le pareció dura y densa.

—Supongo que será mejor ir a la casita del jardín. Ella está ahora en la casa principal.

—¿Hay luz allí? No recuerdo haber visto ninguna.

—Podríamos cenar a la luz de las velas. Eso sería más interesante.

—No para mí.

Chikako pareció recordar algo.

—Cuando hablé por teléfono con la señorita Inamura, me preguntó si quería que también viniera su madre. Yo le dije que sería mejor que vinieran las dos, pero al parecer la madre no podía venir y sólo conseguimos a la muchacha.

—¿«Conseguimos», dices? Si lo hiciste todo tú. ¿No crees que ella pensó que era un poco grosero ser convocada así, sin previo aviso?

—Sin duda. Pero ahora ella está aquí, ¿no anula eso mi grosería?

—¿Debería?

—Oh, sí. Está aquí, y eso significa que, en lo que a ella respecta, las cosas marchan a las mil maravillas. A mí, si en el transcurso de los acontecimientos os parezco un poco extraña, ya me perdonaréis. Cuando todo esté en orden, vosotros dos podéis reiros de la extraña persona que es Chikako. Las conversaciones que van a consolidarse se van a consolidar, más allá de lo que uno haga en el proceso. Ésa es mi experiencia.

Y, de este modo, Chikako arrojó luz sobre su comportamiento. Era como si hubiera leído el pensamiento de Kikuji.

—Entonces, ¿has hablado del asunto con ella?

—Por supuesto. —«Y no evadas el tema», parecían decir sus gestos.

Kikuji caminó por la veranda hacia el recibidor. Un enorme granado crecía parcialmente bajo el alero. Kikuji luchó por controlarse. No debía mostrar desagrado al recibir a la joven Inamura.

Mientras miraba la profunda sombra del granado, pensó una vez más en la mancha de nacimiento de

Chikako. Sacudió la cabeza. La última luz de la tarde brillaba en las piedras del jardín que se veían desde el recibidor.

Las puertas estaban abiertas y la muchacha se hallaba cerca de la veranda. Su resplandor parecía iluminar los rincones más alejados y oscuros de la habitación.

Había lirios japoneses en el nicho. Había lirios siberianos en el *obi* de la muchacha. Quizá era una coincidencia, pero los lirios eran las flores más comunes de la estación y, tal vez, ella había planeado la combinación.

Los lirios japoneses recortaban sus pimpollos y sus hojas en el aire. Al parecer, Chikako los había arreglado hacía poco.

2

Al día siguiente, domingo, llovía.

Por la tarde, Kikuji fue solo a la casita del jardín, para guardar los utensilios que habían usado el día anterior.

Y fue también en busca del perfume de la joven Inamura.

Hizo que la doncella llevara un paraguas y, al bajar al jardín, notó que había una filtración en el canalón del alero. Un chorro de agua caía justo frente al granado.

—Tenemos que hacer reparar esto —le dijo a la criada.

—Sí, señor.

Kikuji recordó que hacía tiempo que en las noches lluviosas el sonido de agua que caía lo molestaba.

—Aunque, una vez que empecemos a hacer reparaciones, no terminaremos nunca. Debo vender el lugar antes de que se desmorone.

—Las personas con casas grandes parecen decir todas lo mismo. La joven de ayer se sorprendió ante el tamaño de la casa. Hablaba como si algún día fuera a vivir en ella.

La doncella le estaba diciendo que no la vendiera.

—¿La señorita Kurimoto mencionó esa posibilidad?

—Sí, señor. Y cuando llegó la joven, al parecer, la señorita Kurimoto le mostró la casa.

—¡Qué será lo próximo que haga!

La muchacha Inamura no le había dicho a Kikuji que Chikako le había enseñado la casa. Y él pensó que ella había pasado simplemente de la sala a la casita del jardín.

La noche anterior no había dormido. Había sentido que el perfume de la muchacha aún permanecía en la casita y había querido salir en medio de la noche.

«Ella siempre estará lejos», había pensado, mientras intentaba dormirse.

En absoluto había sospechado que Chikako le había hecho recorrer la casa.

Ordenó a la criada que trajera brasas de carbón y salió por los escalones de piedra.

Chikako, que vivía en Kamakura, se había marchado con la joven Inamura. La doncella había limpiado la casita. La única tarea de Kikuji era guardar los utensilios que estaban apilados en un rincón, pero él no estaba seguro del lugar que le correspondía a cada uno.

—Chikako lo sabría —murmuró para sí mismo, mirando la pintura del nicho. Era una pequeña acuarela Sotatsu (1), de suaves trazos de tinta, coloreados con delicadeza.

—¿Quién es el poeta? —había preguntado la noche anterior la joven Inamura, y Kikuji no había podido responderle.

—Me temo que no sabría decirlo sin un poema. En esta clase de retratos, todos los poetas se parecen —respondió él.

—Será Muneyuki (2) —dijo Chikako—. «Por siempre verdes, los pinos, sin embargo, son más verdes en la primavera.» La pintura ya está un poco fuera de la estación, pero tu padre le tenía mucho cariño. La sacaba en primavera.

—Pero, por el cuadro, podría ser tanto Tsurayuki (3) como Muneyuki —objetó Kikuji.

Ni siquiera hoy podía hallar algún rasgo distintivo en la vaga figura. Pero había fuerza, una sugerencia de volumen y peso en los trazos escasos y rápidos. Al mirarlo durante un rato, pareció atrapar un leve perfume, algo limpio y nítido.

La pintura y los lirios en la sala le recordaron a la joven Inamura.

—Siento haber tardado tanto. Pensé que sería mejor

(1) Uno de los primeros pintores del período Edo, cuyos datos de nacimiento y muerte son inciertos. *(N. de la t.)*

(2) Minamoto Muneyuki murió en el año 939. *(N. de la t.)*

(3) Kino Tsurayuki murió en el año 945. *(N. de la t.)*

dejar que el agua hirviera un rato. —La doncella llegó con carbón y una tetera.

La casa era húmeda, por lo que Kikuji había querido caldearla. No había pensado en preparar té.

La doncella, sin embargo, había utilizado su propia imaginación.

Kikuji, distraídamente, dispuso el carbón y colocó la tetera sobre el brasero.

A menudo había asistido a la ceremonia del té en compañía de su padre. Nunca lo había tentado, sin embargo, adoptar él mismo ese pasatiempo, y su padre tampoco lo había presionado.

Cuando el agua hirvió, sólo corrió un poquito la tapa de la tetera y se sentó con la vista fija en el brasero.

Allí olía a moho. Las esterillas también parecían húmedas.

El día anterior, el color profundo y discreto de las paredes había destacado la figura de la joven Inamura hasta lograr un efecto mejor que el habitual; pero hoy estaban simplemente a oscuras.

Había existido una cierta incongruencia en la situación, como cuando alguien que vive en una casa de estilo europeo usa un kimono. Kikuji le había dicho a la muchacha:

—Debe de haberte sentado mal que la señorita Kurimoto te haya llamado. Fue idea suya traernos hasta aquí.

—La señorita Kurimoto dice que tu padre realizaba la ceremonia del té en un día como hoy.

—Eso parece. Yo lo había olvidado.

—¿Supones que se comporta de modo extraño al invitar a alguien como yo en un día como éste? Me temo que no he practicado demasiado.

—Según Chikako, ella misma lo recordó hoy por la mañana y vino a limpiar el lugar. ¿Hueles el moho? —Se tragó a medias las siguientes palabras—: Si vamos a ser amigos, no puedo dejar de pensar que habría sido mejor que nos hubiera presentado otra persona que no fuera ella. Debería disculparme ante ti por eso.

La muchacha lo miró con suspicacia.

—¿Por qué? Si no hubiera sido por la señorita Kurimoto, ¿quién podría habernos presentado?

Era una protesta simple y, sin embargo, acertada. Si no hubiera sido por Chikako, ellos dos no se habrían encontrado en este mundo.

Kikuji sintió como si un látigo lo hubiera azotado.

La manera de hablar de la muchacha sugería que su propuesta era aceptada. O eso le pareció a Kikuji. Por tanto, la extraña suspicacia de sus ojos se transformó para él en algo deslumbrante.

¿Cómo lo había interpretado ella cuando él despidió a Chikako llamándola «Kurimoto»? ¿Sabía que Chikako había sido, aunque por poco tiempo, la mujer de su padre?

—Tengo malos recuerdos de Kurimoto. —La voz de Kikuji casi temblaba—. No quiero que el hado de esa mujer toque bajo ningún aspecto el mío. Es difícil creer que ella nos haya presentado.

Cuando hubo servido a los demás, Chikako apareció con una bandeja que retuvo para sí misma, y la conversación se vio interrumpida.

—Espero que no os importe que me una a vosotros. —Chikako se sentó. Se inclinó ligeramente hacia adelante, como si estuviera recuperando el aliento por haber estado trabajando de pie, y miró el rostro de la muchacha—. Es un poco solitario ser la única invitada. Pero estoy segura de que el padre de Kikuji también se siente feliz.

Sin afectación, la muchacha miró al suelo.

—No estoy en absoluto capacitada para estar en la casa de té del señor Mitani.

Chikako ignoró el comentario y siguió hablando, a medida que los recuerdos del padre de Kikuji y de la casita del jardín acudían a su mente.

Aparentemente, ella creía que el matrimonio ya estaba arreglado.

—Kikuji, ¿visitarás alguna vez la casa de la señorita Inamura? —dijo ella, mientras se marchaban—. Arreglaremos una cita.

La muchacha sólo miraba al suelo. Era evidente que quería decir algo, pero las palabras no le salían. Una especie de timidez primaria la sobrecogió.

La timidez fue una sorpresa para Kikuji, y lo inundó como si fuera la tibieza del cuerpo de la muchacha.

Y, aun así, sintió que estaba envuelto en una cortina oscura, mugrienta y sofocante.

Ni siquiera hoy podía arrancársela.

La suciedad no estaba sólo en Chikako, que los había presentado; estaba también en Kikuji.

Podía ver a su padre mordiéndole la mancha de nacimiento con sus dientes mugrientos. Y la figura de su padre se convirtió en la figura del propio Kikuji.

La muchacha no compartía con él su desconfianza

hacia Chikako. Ésa no era la única razón para su falta de resolución, pero parecía ser un motivo.

Cuando Kikuji le señaló su desagrado por Chikako, había hecho que pareciera que ella estaba forzando el matrimonio. Era una mujer que podía prestarse a esos fines.

Preguntándose si la muchacha habría percibido todo eso, Kikuji sintió nuevamente el restallar de ese látigo. Se vio a sí mismo como la figura que azotaba y sintió repulsión.

Cuando terminaron de cenar, Chikako fue a preparar los utensilios para el té.

—Éste es nuestro destino: tener a Chikako controlándonos —dijo Kikuji—. Aunque tú y yo no parecemos tener la misma opinión de ese destino. —La acotación, sin embargo, sonaba como un intento por justificarse.

Después de la muerte de su padre, a Kikuji no le gustaba que su madre fuera sola a la casa del jardín. Su padre, su madre y el propio Kikuji, veía él ahora, habían tenido sus propias ideas por separado en ese lugar.

La lluvia salpicaba las hojas.

Con la lluvia en las hojas llegó el sonido de la lluvia sobre un paraguas. La doncella gritó a través de la puerta cerrada, y Kikuji dedujo que alguien llamado Ota había llegado.

—¿La hija?

—No, señor, la madre. Está terriblemente delgada. Me pregunto si habrá estado enferma.

Kikuji se puso en pie rápidamente. Sin embargo, permaneció en el sitio, inmóvil.

—¿Adónde la llevo? —quiso saber la criada.

—La casa del jardín estará bien.

—Sí, señor.

La señora Ota no traía paraguas. Quizá lo había dejado en la casa principal.

Kikuji pensó que la lluvia le había azotado el rostro, pero eran lágrimas. Supo que lo eran por el caudal constante que corría sobre sus mejillas.

Y él había pensado que eran gotas de lluvia; ésa era la medida de su falta de atención.

—¿Qué sucede? —casi gritó al acercarse a ella.

La señora Ota se arrodilló en la veranda con las dos manos sobre el piso.

Gota a gota, la veranda cerca del umbral fue humedeciéndose.

Las lágrimas caían con regularidad, y Kikuji se preguntó de nuevo si serían gotas de lluvia.

La señora Ota no dejaba de mirarlo. Su mirada parecía impedirle caerse. Kikuji también sintió que la mujer correría peligro si le quitaba los ojos de encima.

Tenía los ojos hundidos y se veían pequeñas arrugas alrededor y ojeras debajo. El pliegue de los párpados estaba enfatizado de una manera extraña y malsana, y los ojos suplicantes resplandecían de lágrimas. Kikuji notó una ternura indescriptible en ellos.

—Lo siento. Quería verte y no pude mantenerme alejada —dijo con calma.

Había cierta ternura también en su figura.

Estaba tan delgada que él apenas habría soportado mirarla si no hubiera sido por la ternura que despertaba.

Su sufrimiento lo atravesó. Aunque sabía que él era

la causa de ese sufrimiento, tuvo la fantasía de que en la ternura su propio sufrimiento se aligeraba.

—Te mojarás. Entra. —De repente, Kikuji la rodeó con un abrazo profundo, casi cruel, de la espalda al pecho, y la levantó en el aire.

Ella intentó incorporarse.

—Suéltame, suéltame. ¿Ves lo ligera que soy?

—Muy ligera.

—Soy tan ligera... He perdido peso.

Kikuji estaba algo sorprendido consigo mismo por la manera tan abrupta que había tomado a la mujer en sus brazos.

—¿No se preocupará tu hija?

—¿Fumiko?

—¿Ella ha venido contigo? —dijo, como si la muchacha estuviera fuera, esperándola.

—No le dije que venía. —Las palabras eran pequeños sollozos—. No me quita los ojos de encima. Por las noches se despierta si hago el menor movimiento. Últimamente, ella misma se ha comportado de manera extraña, por mi culpa. —La señora Ota estaba ahora de rodillas y erguida—. Me preguntó por qué sólo había tenido un hijo, y me dijo que debería haber tenido un hijo con el señor Mitani... Dijo cosas espantosas.

Por las palabras de la señora Ota, Kikuji percibió cuán profunda debía de ser la tristeza de la muchacha.

Él no podía sentirla como la tristeza de la madre. Era la tristeza de Fumiko.

El hecho de que Fumiko hubiera hablado de un hijo de su padre lo atravesó como una lanza.

La señora Ota seguía mirándolo.

—Quizá venga hoy, después de mí. Yo me escabullí cuando ella no estaba. Está lloviendo y debió de pensar que no saldría.

—¿Debido a la lluvia?

—Al parecer, piensa que ahora estoy demasiado débil como para mojarme.

Kikuji sólo asintió.

—¿Fumiko vino a verte el otro día?

—Sí. Vino a pedirme que te perdonara, pero yo no supe qué responderle.

—Sé cómo se siente. ¿Por qué he venido, entonces? ¿Te das cuenta de las cosas que hago?

—Pero yo te estoy agradecido.

—Es bueno oírte decir eso. Con eso me basta. Me he sentido muy desdichada. Debes perdonarme.

—¿Qué hay que pueda hacerte sentir culpable? Nada en absoluto, diría yo. O quizá el fantasma de mi padre...

La expresión de la mujer no cambió. Kikuji sintió como si hubiera intentado asir el aire.

—Olvidémoslo todo —dijo la señora Ota—. Estoy avergonzada. ¿Por qué tuve que sentirme tan mal ante la llamada de la señorita Kurimoto?

—¿Kurimoto te telefoneó?

—Sí, esta mañana. Dijo que estaba todo dispuesto entre tú y la señorita Yukiko Inamura. Me pregunto por qué habrá tenido que contármelo.

Tenía los ojos humedecidos, pero de repente sonrió. No era la sonrisa de quien llora. Era una sonrisa simple, natural.

—Nada está dispuesto en absoluto —respondió

él—. ¿Acaso piensas que Chikako sabe algo de lo que sucedió entre nosotros? ¿La has visto desde entonces?

—No. Pero hay que tener cuidado con esa mujer; puede saberlo. Debo de haber sonado extraña esta mañana cuando me llamó. No soy buena disimulando. Casi me desmayé, y supongo que le grité. Ha podido darse cuenta, aun por teléfono. Me ordenó que no interfiriera.

Kikuji frunció el ceño. No tenía nada que decir.

—No interferir. ¿Por qué?, yo sólo pensé en el daño que le hice a Yukiko. Pero desde esta mañana me siento atemorizada por la señorita Kurimoto. No podía quedarme en casa. —Los hombros le temblaban como si estuviera poseída. Tenía la boca torcida hacia un lado, y una fuerza exterior parecía mantenerla erguida. La fealdad acumulada durante años y años parecía aflorar a la superficie.

Kikuji se puso en pie y le puso una mano sobre el hombro.

Ella la asió.

—Estoy atemorizada, atemorizada. —Miró en derredor, se estremeció y, de repente, las fuerzas la abandonaron—. ¿En esta casa...?

Confundido, Kikuji se preguntó qué habría querido decir.

—Sí —respondió con vaguedad.

—Es una casa muy bonita.

¿Recordaba ella que su difunto esposo había tomado el té allí ocasionalmente? ¿O recordaba al padre de Kikuji?

—¿Es ésta la primera vez que vienes? —preguntó él.

—Sí.

—¿Qué miras?

—Nada. No miro nada.

—La pintura es un Sotatsu.

Ella asintió y, al hacerlo, dejó la cabeza inclinada.

—¿Y nunca has estado en la casa principal?

—Nunca.

—¿En serio?

—Estuve allí una vez. En el funeral de tu padre. —Su voz se apagó.

—El agua ya hierve. ¿Tomamos té? Después te sentirás mejor y, en realidad, a mí me apetece también un poco.

La mujer comenzó a incorporarse y se tambaleó ligeramente.

Kikuji sacó los tazones y otros utensilios para el té de unas cajas del rincón. Recordó que la noche anterior la joven Inamura los había utilizado, pero los sacó de todas maneras.

Las manos de la señora Ota temblaban. La tapa tintineó sobre la tetera.

Ella se inclinó para levantar el medidor de té de bambú y una lágrima humedeció el borde de la tetera.

—Tu padre fue lo bastante bueno como para comprarme esta tetera.

—¿De verdad? No lo sabía.

Kikuji no halló nada desagradable en el hecho de que la tetera hubiera pertenecido al esposo de la mujer. Y no pensaba que sus palabras fueran extrañas; sólo las había dicho.

—No puedo acercártelo. —Ella había terminado de hacer el té—. Ven a buscarlo.

Kikuji se aproximó al brasero y tomó el té allí.

La mujer cayó en su regazo como si se desmayara.

Él le rodeó el hombro con el brazo. Temblaba, y su respiración se volvía cada vez más tenue. En sus brazos, era tan tierna y frágil como un bebé.

3

Kikuji la sacudió con fuerza.

Como si fuera a estrangularla, colocó las dos manos entre la garganta y la clavícula. La clavícula sobresalió, pronunciándose.

—¿Acaso no ves la diferencia entre mi padre y yo?

—No debes decir eso.

Tenía los ojos cerrados y su voz era apacible. Todavía no estaba preparada para regresar del otro mundo.

Kikuji no le había hablado tanto a ella como a su desasosegado corazón.

Había sido conducido con facilidad a ese otro mundo. Sólo podía pensar en eso como en otro mundo donde no había distinción entre su padre y él. La sensación de ese otro mundo era tan fuerte que lo invadió el desasosiego.

Él podía preguntarse si ella era humana, si era prehumana o, por otra parte, si era la última mujer de la raza humana.

Podía imaginarla en ese otro mundo, sin distinguir

entre su difunto esposo, el padre de Kikuji y el propio Kikuji.

—Piensas en mi padre, ¿no? Y mi padre y yo nos convertimos en una sola persona...

—Perdóname. Las cosas que he hecho, las cosas de las cuales soy culpable... —Una lágrima se derramó desde una comisura del ojo—. Quiero morir. Sería tan agradable morir ahora. Estabas a punto de estrangularme, ¿por qué no lo has hecho?

—No debes bromear con eso. Pero en el fondo siento ciertas ganas de estrangular a alguien.

—¿Ah, sí? Gracias. —Arqueó su largo cuello—. Es delgado. No tendrías demasiados problemas.

—¿Podrías morir y dejar a tu hija?

—No importa. De todas formas, envejeceré y moriré pronto. Cuida tú de Fumiko.

—Si es eso lo que quieres...

De repente, ella abrió los ojos.

Kikuji se asombró de sus propias palabras. Habían sido completamente involuntarias.

¿Cómo habrían sonado en los oídos de la mujer?

—¿Ves? ¿Ves cómo late mi corazón? No pasará mucho tiempo —dijo, tomando la mano de Kikuji y llevándosela al pecho.

Quizá su corazón se había sobresaltado, sorprendido ante las palabras de Kikuji.

—¿Cuántos años tienes?

El joven no respondió.

—¿Todavía tienes veinte? Esto no está bien. Soy muy desgraciada. No me entiendo a mí misma.

Apoyó una mano en el suelo y se irguió. Tenía las piernas cruzadas.

Kikuji se sentó.

—No he venido a arruinar tu relación con Yukiko. Pero ya está hecho.

—Aún no he decidido casarme con ella. Pero la verdad es que tú has desvanecido todo el pasado para mí, o eso parece cuando lo mencionas.

—¿De verdad?

—Chikako también fue mujer de mi padre y ella es la mediadora. Toda la malicia de los viejos tiempos está en esa mujer. Mi padre tuvo suerte de tenerte al final.

—Debes apresurarte y casarte con Yukiko.

—Ésa es una cuestión que debo decidir yo.

Lo miró fijamente, sin la menor expresión. La sangre abandonó sus mejillas y posó una mano en la frente.

—La habitación da vueltas.

Debía ir a su casa, dijo. Kikuji llamó un taxi y subió al coche con ella.

La mujer se reclinó en un rincón, los ojos cerrados, una figura indefensa por completo. Las últimas brasas corrían peligro de apagarse.

Kikuji no la acompañó hasta la casa. Al bajarse del taxi, los fríos dedos de la señora Ota abandonaron los suyos.

A las dos de la madrugada recibió una llamada de Fumiko.

—¿Es el señor Mitani? Mi madre acaba de... —La voz se interrumpió por un instante, luego continuó con firmeza—: Acaba de morir.

—¡Cómo! ¿Qué ha sucedido?

—Mi madre está muerta. Ha sufrido un ataque al corazón. Últimamente ha estado tomando una gran cantidad de pastillas para dormir.

Kikuji no respondió.

—Me temo que... Debo pedirle un favor, señor Mitani.

—¿Sí?

—Si hay algún médico que usted conozca bien, ¿podría traerlo hasta aquí?

—¿Un médico? ¿Necesitas un médico? Tendré que darme prisa.

Kikuji estaba asombrado de que todavía no hubiera llamado a un médico. Y entonces, de pronto, lo comprendió: la señora Ota se había suicidado. La muchacha estaba pidiéndole que la ayudara a ocultar el hecho.

—Comprendo.

—Por favor.

Antes de llamarlo, ella lo había pensado detenidamente. Él lo sabía y, por tanto, había sido capaz de enunciar lo indispensable del asunto con algo parecido a la precisión formal.

Kikuji se quedó sentado junto al teléfono con los ojos cerrados.

Vio el sol de la tarde como lo había visto después de la noche con la señora Ota: el sol de la tarde a través de la ventana del tren, detrás de la arboleda del templo Hommonji (4).

El sol rojo parecía derramarse sobre las ramas.

La arboleda se recortaba, oscura.

(4) En las afueras al sur de Tokio. *(N. de la t.)*

El sol que se derramaba por las ramas se introdujo en sus ojos cansados. Los cerró.

Las grullas blancas del pañuelo de la joven Inamura volaron en el sol de la tarde, que todavía estaba en sus ojos.

Shino (1) decorado

El día después de la ceremonia fúnebre, celebrada al séptimo día de la muerte, Kikuji realizó la visita.

Habría sido de noche si, según su horario de trabajo habitual, hubiera hecho la visita al volver a casa desde la oficina. Había tenido intenciones de retirarse del trabajo temprano, pero ya había concluido el día cuando finalmente pudo reunir fuerzas para emprender la tarea.

Fumiko le abrió la puerta.

—¡Oh!

Se arrodilló en el umbral y lo miró. Tenía las manos apoyadas en el suelo.

—Gracias por las flores de ayer.

—De nada.

—Pensé que no lo vería.

—¿Por qué no? La gente, a veces, envía flores por adelantado y realiza la visita después.

—Aun así, no lo esperaba.

—Las encargué en una floristería que está muy cerca de aquí.

(1) Porcelana de los hornos Oribe. *(N. de la t.)*

Fumiko asintió.

—No había tarjeta, pero supe de inmediato de quién procedían.

Kikuji recordó cómo, rodeado por las flores, había pensado en la señora Ota. Recordó que el perfume de las flores había suavizado el sentimiento de culpa.

Y ahora, gentilmente, Fumiko lo recibía.

Ella llevaba tan sólo un vestido liso de algodón. Excepto por un toque de carmín en sus labios resecos, no iba maquillada.

—Pensé que ayer era mejor que me mantuviera alejado —dijo Kikuji.

Fumiko se hizo a un lado, invitándolo a pasar.

Quizá porque estaba decidida a no sollozar, se limitó a los saludos más corrientes; pero parecía que de todas formas iba a llorar, a menos que se moviera o permaneciera en silencio.

—No puedo decirle lo feliz que me sentí al recibir esas flores. Pero insisto en que debería haber venido. —Se incorporó y lo siguió.

—No quería incomodar a tus parientes —respondió él, esperando que fuera de manera mesurada.

—Esa clase de cosas ya no me preocupan. —Sus palabras eran firmes y claras.

En la sala había una fotografía delante de la urna.

Sólo estaban las flores que Kikuji había enviado el día anterior.

Pensó que era extraño. ¿Fumiko había dejado sólo las suyas y se había llevado el resto? ¿O había sido una ceremonia solitaria? Sospechó que había sido así.

—Una jarra de agua, ya veo.

Kikuji miraba el florero en el que había dispuesto sus flores; era la jarra para el agua de la ceremonia del té.

—Sí. Pensé que sería lo apropiado.

—Una delicada pieza Shino. —Para ser una jarra de ceremonias, era un poco pequeña.

Había mandado rosas blancas y claveles pálidos. Combinaban bien con la jarra cilíndrica.

—Madre a veces la utilizaba para las flores. Por eso no la vendió.

Kikuji se arrodilló delante de la urna para prender incienso. Enlazó las manos y cerró los ojos.

Pedía disculpas. Pero el amor inundó la disculpa, para consentir y apaciguar la culpabilidad.

¿La señora Ota había muerto sin poder escapar de la culpa que la invadía? ¿O tal vez, acechada por el amor, se había percatado de que era incapaz de controlarlo? ¿Era el amor o la culpa lo que la había matado? Durante una semana, Kikuji había estado preguntándose acerca de ello.

Ahora, mientras estaba arrodillado delante de las cenizas, con los ojos cerrados, su imagen se negaba a surgir, pero la calidez de su contacto lo envolvió y lo embriagó con su fragancia.

Era un hecho extraño pero que, debido a la mujer, no parecía para nada sobrenatural. Y aunque sentía su contacto, la sensación era menos táctil que auditiva, musical.

Incapaz de dormir desde su muerte, Kikuji había estado tomando sedantes con sake. Sin embargo, se había despertado rápido y había soñado mucho.

No habían sido pesadillas. En la vigilia se había sentido adormecido y dulcemente embriagado.

Que una mujer muerta pudiera hacer sentir su abrazo en los sueños a Kikuji le parecía algo misterioso. Él era joven, y no estaba preparado para una experiencia como ésa.

«¡Las cosas que he hecho!», había dicho ella dos veces, cuando pasó la noche con él en Kamakura y cuando estuvo en la casita del jardín. Las palabras habían traído como consecuencia el delicioso temblor y los entrecortados sollozos, y ahora, mientras se arrodillaba delante de sus cenizas y se preguntaba qué la había hecho morir, pensó que por el momento debía admitir que había sido culpable. La admisión sólo trajo de vuelta su voz, hablando de su culpa.

Kikuji abrió los ojos.

Detrás oyó un sollozo. Fumiko parecía estar conteniendo las lágrimas; un sollozo se le había escapado, sólo uno.

Kikuji no se movió.

—¿Cuándo le hicieron esa fotografía? —preguntó.

—Hace cinco o seis años. Yo encargué una ampliación.

—¿Se la hicieron en una ceremonia del té?

—¿Cómo lo ha sabido?

La fotografía había sido recortada a la altura de la garganta; mostraba, así, un poco del kimono y nada de los hombros.

—¿Cómo ha sabido que fue tomada en una ceremonia del té? —repitió la muchacha.

—Da esa sensación. Tiene los ojos bajos y parece estar ocupada en algo. No se pueden ver los hombros, por supuesto, pero uno siente una especie de concentración en su gesto.

—Me pregunté si serviría. Fue tomada un poco de costado, pero mi madre le tenía mucho cariño a esa foto.

—Es una fotografía muy apacible. Una muy buena fotografía.

—Aunque ahora me doy cuenta de que fue un error. No se mira a uno cuando se le ofrece el incienso.

—Es verdad, supongo.

—Está mirando a otra parte, y hacia abajo.

Kikuji pensó en la mujer preparando té el día antes de su muerte.

Mientras medía la cantidad de té, una lágrima había caído sobre la tetera. Él había ido a buscar el tazón, ella no se lo había traído. Cuando él terminó el té, la lágrima ya se había secado.

La señora Ota había caído en su regazo en el instante en que dejó el tazón.

—Madre pesaba más cuando le sacaron la fotografía. —Y se apresuró a añadir—: Me hubiera avergonzado colocar una fotografía en la que se pareciera demasiado a mí.

Kikuji se volvió para mirarla.

La mirada, ahora en el suelo, había estado clavada en su espalda.

Tenía que dejar la urna y la fotografía y enfrentarse a ella. ¿Cómo podía disculparse?

Encontró el modo en la jarra Shino para el agua. Se arrodilló delante del recipiente y lo miró, evaluándolo, como se miran los recipientes de té.

Un rojo tenue se traslucía en el esmalte blanco. Kikuji estiró la mano para tocar la superficie voluptuosa, cálida y calma.

—Suave como un sueño. Incluso cuando uno sabe tan poco como yo, puede apreciar una buena pieza Shino.

«Como el sueño con una mujer», había pensado, pero eliminó las últimas palabras.

—¿Le gusta? Permítame que se la entregue en memoria de mi madre.

—Oh, no. Por favor. —Kikuji levantó la vista, consternado.

—¿Le gusta? Madre también estaría feliz. Sé que así sería. No es una pieza mala, me imagino.

—Es una pieza espléndida.

—Eso decía ella. Por eso coloqué sus flores allí.

Kikuji sintió que unas lágrimas tibias le asomaban a los ojos.

—La aceptaré, entonces, si me lo permites.

—Madre estaría contenta.

—Pero no me parece probable que la utilice para el té. La usaré como un florero.

—Por favor, hágalo. Madre también la utilizaba para las flores.

—Me temo que no quiero decir flores para la ceremonia del té. Parece algo triste que un recipiente de té abandone ese ritual.

—Yo estoy pensando en dejar de realizarlo.

Kikuji se dio media vuelta para mirarla de frente y se puso en pie.

Había almohadones cerca de las puertas que conducían a la sala del desayuno. Empujó uno hacia la veranda y se sentó.

Ella había permanecido arrodillada respetuosamente sobre la esterilla desnuda de paja.

Sólo Kikuji se movió. Fumiko quedó en medio de la habitación.

Sus manos estaban enlazadas con dulzura sobre las rodillas, y éstas parecían a punto de echarse a temblar. Las asió con fuerza.

—Señor Mitani, debe perdonar a mi madre. —La cabeza se le hundió en el pecho.

Kikuji temió que la joven fuera a desmayarse.

—¿Qué dices? Soy yo quien debe pedir perdón. He intentado pensar las palabras apropiadas, pero no encuentro la manera de disculparme, y siento vergüenza de estar aquí contigo.

—Somos nosotras quienes deberíamos sentir vergüenza. —La vergüenza le llegó al rostro—. Ojalá pudiera desaparecer.

El rubor se desparramó desde las mejillas al cuello blanco, y todo el desgaste y la ansiedad afloraron a la superficie. El tenue color de la sangre hizo que la palidez fuera aún más llamativa.

Un moderado dolor recorrió el pecho de Kikuji.

—He pensado cuánto debes de odiarme.

—¿Odiarlo? ¿Acaso cree que madre lo odiaba?

—No. Pero ¿no fui yo quien la hizo morir?

—Ella murió por sí misma. Eso es lo que pienso. Me he atormentado por eso durante toda la semana.

—¿Has estado sola aquí todo el tiempo?

—Sí. Pero así estábamos madre y yo.

—Yo la hice morir.

—Nadie la hizo morir. Si usted dice que fue usted quien la hizo morir, entonces, yo aún más. Si hay que culpar a alguien, debería ser a mí. Cuando comenzamos a sentir responsabilidad y remordimientos, hacemos que la muerte parezca algo sucio. Los remordimientos y las dudas tan sólo consiguen que la carga sea más pesada para quien ha muerto...

—Puede que sea verdad, pero si no la hubiera conocido... —Kikuji no podía decir nada más.

—Creo que es suficiente con perdonar a la persona muerta. Quizá madre murió pidiendo ser perdonada. ¿Puede perdonarla usted? —Fumiko se puso en pie.

Ante las palabras de la muchacha, una cortina pareció desaparecer en la cabeza de Kikuji.

¿Había también en aquello un aligeramiento de la carga para el muerto?, se preguntó.

Preocuparse por los muertos, ¿no era un error en la mayoría de los casos, algo similar a enfadarse con ellos?

Los muertos no importunaban con consideraciones morales a los vivos.

Kikuji miró nuevamente la fotografía de la señora Ota.

2

Fumiko llevó dos tazones sobre una bandeja. Eran de forma cilíndrica, un Raku (2) rojo y un Raku negro.

Colocó el negro delante de Kikuji. En su interior había té común y corriente.

Kikuji levantó el tazón y miró la marca del ceramista.

—¿Quién es? —preguntó bruscamente.

—Ryonyu (3), creo.

—¿Y el rojo?

—Ryonyu también.

—Parecen una pareja. —Kikuji miró el tazón rojo, que permanecía delante de las rodillas de ella sin que lo tocara.

Aunque eran tazones ceremoniales, no parecían fuera de lugar como tazas de té corrientes, pero una imagen desagradable relampagueó en la cabeza de Kikuji.

El padre de Fumiko había muerto y el padre de Kikuji había seguido vivo. ¿Habrían servido aquel par de tazones Raku como tazas de té cuando el padre de Kikuji iba a visitar a la madre de Fumiko? ¿Habrían sido

(2) Porcelana de Kyoto producida por primera vez en el siglo XVI. *(N. de la t.)*

(3) Ryonyu (1756-1834) fue el noveno maestro de los hornos Raku. *(N. de la t.)*

usados como las tazas «marido-esposa», la negra para el padre de Kikuji, la roja para la madre de Fumiko?

Si estaban hechos por Ryonyu, uno no podía ser descuidado con ellos. ¿No habrían servido también en los viajes?

Quién lo sabía, tal vez Fumiko estaba gastándole una broma cruel.

Pero Kikuji no percibió malicia alguna en el hecho de que la joven trajera los dos tazones.

Sólo percibió un aniñado sentimentalismo que también lo embargó.

Él y Fumiko, acechados por la muerte de la madre, eran incapaces de contener ese grotesco sentimentalismo. El par de tazones Raku profundizaba la pena que tenían en común.

Fumiko estaba también al corriente de todo: el padre de Kikuji y su madre, su madre y Kikuji, la muerte de su madre...

Y ambos compartían el delito de ocultar el suicidio.

Era evidente que Fumiko había sollozado al hacer el té. Sus ojos estaban ligeramente enrojecidos.

—Me alegro de haber venido hoy —comentó Kikuji—. Puedo aceptar lo que dijiste hace unos minutos acerca de que entre los vivos y los muertos no puede haber perdón ni la imposibilidad del perdón, pero ¿puedo pensar que he sido perdonado por tu madre?

Fumiko asintió.

—De otra forma, madre no puede ser perdonada.

—De alguna manera, es terrible que yo esté aquí contigo.

—¿Por qué? —Ella lo miró—. ¿Quiere decir que estuvo mal que ella muriera? Yo misma me sentí muy decepcionada. Pensé que no importaba cuán malinterpretada hubiera sido ella, la muerte no podía ser la respuesta. La muerte sólo interrumpe la comprensión. Posiblemente, nadie puede perdonar eso.

Kikuji permaneció en silencio. Se preguntó si también Fumiko se había esforzado hasta una confrontación final con el secreto de la muerte.

Era extraño escuchar que la muerte interrumpe la comprensión.

La señora Ota que Kikuji conocía ahora era muy diferente de la madre que Fumiko conoció. Fumiko no tenía manera de conocer a la madre como mujer.

Perdonar o ser perdonado era para Kikuji como ser acunado en esa ola, la languidez del cuerpo de la mujer.

Parecía que la languidez estaba allí también, en el par de tazones Raku.

Fumiko no había conocido a la madre de ese modo.

El hecho de que la hija no conociera el cuerpo del cual provenía era extraño y sutil. Sutil, el cuerpo mismo había sido traspasado a la hija.

Desde el preciso momento en que ella lo había saludado en el umbral, Kikuji había sentido algo suave y gentil.

En el rostro redondo y fino de Fumiko, él vio a la madre.

Si la señora Ota había cometido un error cuando vio al padre de Kikuji en Kikuji, entonces había algo atemorizador, un lazo que era como un maleficio en el hecho de que, para Kikuji, Fumiko se pareciera a la madre; pero Kikuji, sin protestar, se dejó arrastrar por la corriente.

Al ver la pequeña boca descuidada, el labio inferior sobresaliendo hacia adelante, como si estuviera haciendo pucheros, sintió que era imposible luchar.

¿Qué podía hacer uno para que ella resistiera?

Esa pregunta se debería haber hecho acerca del propio Kikuji.

—Tu madre era demasiado buena para vivir. Yo fui cruel con ella, y sospecho que la alteraba con mi debilidad moral. Soy un cobarde.

—Madre estaba equivocada. Madre estaba tan equivocada... Su padre, luego usted; pero debo pensar que la verdadera naturaleza de mi madre era distinta. —Hablaba con vacilación y se ruborizaba. El color de la sangre era más cálido que la vez anterior.

Evitando la mirada de Kikuji, se inclinó y se alejó levemente.

—Pero desde el día siguiente al que madre murió, comenzó a parecerme más hermosa. ¿Es sólo en mi mente o es realmente más hermosa?

—Las dos son lo mismo, supongo, con la muerte.

—Quizá mi madre murió por no ser capaz de soportar su propia fealdad.

—No parece probable.

—Era demasiado, no pudo soportarlo. —Las lágrimas asomaron a los ojos de Fumiko. Quizá la joven quería hablar del amor de su madre por Kikuji.

—Los muertos son, de alguna manera, propiedad nuestra. Debemos cuidarlos —dijo Kikuji—. Pero todos murieron tan pronto...

Fumiko pareció comprender: se refería a los padres de ella y a los suyos propios.

—Ahora tú eres huérfana y yo también. —Sus propias palabras lo hicieron ser consciente de que, si la señora Ota no hubiera tenido a su hija, Fumiko, él habría albergado pensamientos más oscuros y perversos sobre ella—. Fuiste muy buena con mi padre. Tu madre me lo contó —dijo, y esperó que sus palabras parecieran genuinas.

Kikuji no veía nada malo en hablar de aquellos días en los cuales su padre había ido a esa casa como el amante de la madre de Fumiko.

De pronto, Fumiko se inclinó hacia adelante.

—Perdónela. Madre, en realidad, estaba demasiado triste. Después de eso, yo apenas podía adivinar en qué minuto moriría. —Aún tenía la cabeza inclinada. Inmóvil, comenzó a sollozar y la fuerza abandonó sus hombros.

No esperaba visitas, por lo que iba descalza. Tenía los pies escondidos a medias por la falda y presentaba una figura completamente reducida, indefensa.

El tazón Raku rojo casi le tocaba el cabello. Su pelo era tan largo que caía hasta la esterilla del suelo. La muchacha abandonó la habitación cubriéndose el rostro con las dos manos.

Pasaron unos minutos y no regresó.

—Creo que voy a marcharme —dijo Kikuji.

En ese instante, ella apareció en la puerta con un paquete.

—Me temo que será pesado, pero trate de no darle demasiada importancia.

—¿Eh?

—El Shino.

Kikuji estaba asombrado por su rapidez: había vaciado la jarra, la había secado, había encontrado una caja para colocarla y la había envuelto en un pañuelo.

—¿Me la llevo ya? Pero si tenía flores...

—Por favor, cójala.

—Si me permites, entonces —dijo Kikuji. La rapidez, percibió, se había originado por un exceso de pena.

—Pero no iré a ver cómo la utiliza.

—¿Por qué no?

Fumiko no respondió.

—Bueno, cuídate. —Kikuji salió.

—Gracias. Me ha gustado que haya venido. Y no se preocupe por madre. Apresúrese y cásese.

—¿Qué has dicho?

Él se volvió hacia la joven, pero ella no levantó la mirada.

3

Kikuji probó a colocar rosas blancas y pálidos claveles en la jarra Shino.

Estaba obsesionado con la idea de que, ahora que estaba muerta, él estaba enamorándose de la señora Ota.

Y sentía que ese amor se hacía conocer a través de su hija, Fumiko.

El domingo la llamó por teléfono.

—¿Estás sola en casa?

—Sí. Me siento un poco sola, por supuesto.

—No deberías estar sola ahí.

—Supongo que no.

—Casi puedo sentir la quietud.

Fumiko se rió con suavidad.

—Imagina que un amigo te visita.

—Pero no dejo de pensar que quienquiera que venga descubrirá lo de mi madre.

Kikuji no supo qué responder a eso.

—Debe de ser un inconveniente. No tienes a nadie que vigile la casa cuando quieres salir.

—Oh, siempre puedo cerrar con llave.

—Imagina, entonces, que vienes a visitarme.

—Gracias. Uno de estos días.

—¿Has estado bien?

—He perdido algo de peso.

—¿Y puedes dormir por las noches?

—Casi nada.

—Eso es muy malo.

—Estoy pensando en cerrar pronto la casa y alquilar una habitación en casa de una amiga.

—¿Pronto? ¿Cuándo?

—Tan pronto como pueda vender la casa.

—¿La casa?

—Sí.

—¿Quieres venderla?

—¿No cree que debería?

—No lo sé. De hecho, yo estoy pensando en vender la mía.

Fumiko no respondió.

—¿Hola? No me gusta hablar de estas cosas por teléfono. Es domingo y estoy en casa. ¿Quieres venir?

—Sí.

—Hay flores en la jarra Shino, pero si tú vienes puedo usarla para el propósito que fue diseñada.

—¿Una ceremonia del té?

—No una ceremonia de verdad. Pero es un desperdicio enorme no utilizar una pieza Shino para el té. Uno no puede sacar a relucir la verdadera belleza de una pieza de té a menos que la coloque con las de su misma clase.

—Pero tengo peor aspecto que el que tenía cuando usted estuvo aquí. No puedo verlo.

—No habrá otros invitados.

—Aun así…

—Piénsalo.

—Adiós.

—Cuídate. Perdona, parece que hay alguien en la puerta. Te llamaré en otro momento.

Era Kurimoto Chikako.

El rostro de Kikuji se ensombreció. ¿Habría oído algo?

—Qué tiempo tan deprimente. Lluvia, lluvia lluvia… Hoy he aprovechado el primer día bueno en tanto tiempo. —Ya estaba mirando el Shino—. Desde ahora hasta el verano no tengo tantas clases y pensé que tal vez podría venir y quedarme en la casita del jardín un rato.

Sacó sus ofrendas, dulces y un abanico.

—Supongo que estará toda enmohecida de nuevo.

—Sí, supongo.

—¿Es el Shino de la señora Ota? ¿Podría echarle un vistazo? —Hablaba con aire despreocupado y se volvió para examinarlo.

A medida que se inclinaba, acercándose a la pieza, los hombros de huesos pesados retrocedían. Parecía exudar malicia.

—¿Lo has comprado?

—Es un regalo.

—Menudo regalo. ¿Un recuerdo? —Levantó la cabeza y se volvió hacia él—. ¿No crees que deberías haber pagado por una pieza así? Estoy bastante horrorizada de que lo hayas aceptado de la muchacha.

—Consideraré la cuestión.

—Hazlo. Tienes todo tipo de piezas para el té que pertenecieron al señor Ota, pero tu padre pagó por cada una de ellas. Incluso cuando se ocupaba de la señora Ota.

—No es un asunto que quiera discutir contigo.

—Ya veo, ya veo —dijo Chikako a la ligera, y se puso en pie.

Kikuji oyó que hablaba con la doncella. Al poco volvió con un delantal.

—Entonces, la señora Ota se suicidó. —No cabía duda de que su actitud despreocupada tenía como fin pillarlo con la guardia baja.

—No.

—¿Ah, no? Yo lo supe de inmediato. Siempre hubo algo extraño en esa mujer. —Lo miró—. Tu padre solía decir que no la entendería nunca. Para otra mujer, por supuesto, el problema era un poco diferente, pero había algo infantil en ella, sin importar lo vieja que se hacía. Bueno, no era mi tipo en absoluto. Era tan pegajosa...

—¿Puedo pedirte que dejes de calumniar a la muerta?

—Oh, por favor, hazlo. ¿Pero no crees que esa mujer, aun después de muerta, está intentando arruinar tu matrimonio? Tu padre sufrió mucho en sus manos.

Era Chikako quien había sufrido, pensó Kikuji.

Chikako había sido el juguete de su padre durante un tiempo muy breve. No tenía razón para acusar a la señora Ota. Pero, aun así, uno podía imaginarse cuánto había odiado a la mujer que había estado con su padre hasta el final.

—Tú eres demasiado joven para entender a personas así. Por tu propio bien, fue mejor que ella muriera. Ésa es la verdad.

Kikuji le dio la espalda.

—¿Cómo afrontaríamos que interfiriera en tus planes de matrimonio? Murió porque no podía contener el demonio que había en su interior cuando supo que estaba equivocada. Ésa también es la verdad. Y, siendo la mujer que era, pensó que moriría e iría a encontrarse con tu padre.

Kikuji sintió frío.

Chikako salió al jardín.

—Voy a la casita, a calmar mis nervios.

Él permaneció sentado un buen rato mirando las flores.

El blanco y el rosa pálido parecían fundirse en una bruma con el Shino.

La figura de Fumiko, sollozando sola en su casa, le vino a la mente.

El lápiz de labios de la madre

De regreso en su habitación, después de haberse cepillado los dientes, Kikuji vio que la criada había colocado en el nicho un cuenco hecho con una calabaza. Contenía una única campanilla.

—Hoy me levantaré —dijo, aunque se metió en la cama de nuevo. Echó la cabeza hacia atrás y miró la flor.

—Había una campanilla florida —dijo la doncella desde la habitación contigua—. ¿Entonces se quedará en casa hoy nuevamente, señor?

—Un día más. Pero me levantaré. —Kikuji había estado alejado del trabajo durante varios días, con dolor de cabeza y resfriado—. ¿Dónde estaba la campanilla?

—Había trepado por el jengibre, en el extremo más alejado del jardín.

Era una campanilla color añil, probablemente silvestre, del tipo más común y corriente. Los tallos de la enredadera eran delgados, y las hojas y el capullo, muy pequeños. Pero el verde y el azul profundo eran tranquilizadores; caían sobre el cuenco de laca roja oscurecida por el tiempo.

La doncella, que había estado con la familia desde la época de su padre, era, a su manera, imaginativa.

En la calabaza estaba estampado el sello con la firma en laca desteñida y, sobre la caja de aspecto antiguo, la marca del primer dueño, Sotan, que, si era auténtica, hacía que el cuenco tuviera unos trescientos años de antigüedad.

Kikuji no sabía nada acerca de las flores para acompañar el té; tampoco era probable que la criada estuviera bien informada. Para el té de la mañana, sin embargo, le pareció que la campanilla era apropiada.

La observó un buen rato: en un cuenco que había pasado de mano en mano durante tres siglos, una flor que se marchitaría durante la mañana. ¿Era más apropiada que esas flores occidentales en el Shino de trescientos años de antigüedad? Sin embargo, había algo inquietante en la idea de una campanilla cortada.

—Uno piensa que va a marchitarse ante sus propios ojos —le dijo a la criada durante el desayuno.

Recordó que había querido colocar peonías en el Shino.

Ya había pasado la época de las peonías cuando Fumiko le dio la jarra, pero podría haberlas encontrado si las hubiera buscado.

—Yo incluso me había olvidado de que teníamos esa calabaza. Qué bien que te acordaras de ella.

La doncella sólo movió la cabeza.

—¿Viste a mi padre poner campanillas ahí?

—No. Pero las campanillas y las calabazas son ambas enredaderas y pensé...

—¡Ambas enredaderas! —Kikuji resopló. La poesía se había desvanecido por completo.

Comenzó a sentir la cabeza pesada mientras leía el diario y se recostó en la sala del desayuno.

—No te molestes en hacer la cama.

La doncella, que había estado lavando la ropa, apareció secándose las manos. Limpiaría su habitación, dijo.

Cuando regresó a la cama, no había una campanilla en el nicho.

Tampoco había una calabaza colgando de la columna.

«Bueno.» Quizá ella no había querido que viera la flor marchita.

Kikuji había resoplado ante la asociación de las dos enredaderas y, sin embargo, la manera de vivir de su padre parecía sobrevivir en la mente de la criada.

La jarra Shino yacía desnuda en medio del nicho. Si la hubiera visto Fumiko, no habría dudas de que hubiera pensado que ese trato era cruel.

Al recibirla, él había colocado rosas blancas y pálidos claveles porque ella había hecho lo mismo ante las cenizas de su madre. Las rosas y los claveles eran flores que el propio Kikuji había enviado para las ceremonias fúnebres del séptimo día.

Él se había detenido y había comprado flores en el negocio en el que el día anterior había encargado que le enviaran flores a Fumiko.

Su corazón se inflamaría incluso al menor contacto con la jarra, y no había colocado más flores en ella.

A veces, en la calle, se sentía atraído por una mujer

madura. Al darse cuenta, fruncía el ceño y murmuraba: «Me estoy comportando como un criminal.»

Miraba de nuevo y veía que, después de todo, la mujer no se parecía en absoluto a la señora Ota.

Eran tan sólo esas caderas anchas.

En momentos así, el deseo casi lo hacía temblar, y, sin embargo, la excitación y el temor se encontraban como en el momento de despertar después de delinquir.

«¿Y por qué me habré convertido en un criminal?» La pregunta tendría que haberlo conmocionado y, al mismo tiempo, liberado del sentimiento; pero, en lugar de una respuesta, sólo aparecía un anhelo más intenso.

Sentía que no podía salvarse a menos que esquivara esos momentos, cuando la sensación de la piel de la muerta llegaba hasta él, tibia y desnuda.

A veces también se preguntaba si las dudas morales no habían agudizado sus sentidos hasta el punto de la morbidez.

Colocó el Shino en su caja y se fue a la cama.

Mientras miraba hacia el jardín, oyó un trueno, distante pero fuerte. Luego se sucedió otro y otro, más cerca en cada estampido.

Los rayos atravesaron los árboles del jardín. Pero cuando comenzó la lluvia, los truenos parecieron retirarse.

Era una lluvia violenta. Un vapor blanco se elevaba de la tierra del jardín.

Kikuji se levantó y llamó por teléfono a Fumiko.

—La señorita Ota se ha mudado —le respondió una voz.

—¿Disculpe? —Se sobresaltó—. Disculpe, pero ¿podría...? —Debía de haber vendido la casa—. Me pregunto si podría decirme dónde vive.

—Un momento, por favor. —Parecía una criada. Regresó de inmediato y le dio la dirección que, evidentemente, leía de una libreta.

—Está al cuidado del señor Tozaki. —Y le dio un número de teléfono.

La voz de Fumiko era vivaz.

—Hola. Siento haberlo hecho esperar.

—¿Fumiko? Soy Mitani. Llamé a tu casa.

—Lo siento. —Su voz se quebró, y sonó como la de su madre.

—¿Cuándo te has mudado?

—Yo...

—Y no me lo dijiste.

—Ya hace días que me quedo con una amiga. Vendí la casa.

—¿Ah, sí?

—No sabía si debía decírselo o no. Al principio pensé que no debía, pero últimamente me he sentido culpable.

—Deberías haberlo hecho.

—¿De verdad? ¿Es tan amable como para pensar eso?

A medida que charlaban, Kikuji se sintió fresco y renovado, limpio. ¿Podía resultar esa sensación de una conversación telefónica?

—El Shino que me diste... Cuando lo miro, quiero verte.

—¿Ah, sí? Tengo otro pequeño tazón cilíndrico para el té. Pensé en regalárselo, pero madre lo utilizaba todos los días como taza de té. Tiene su lápiz de labios marcado.

—¿En serio?

—O eso solía decir madre.

—¿El pintalabios simplemente se quedó allí?

—«Simplemente se quedó allí», no. Para empezar, el Shino era rojo, pero madre solía decir que no podía quitar el lápiz de labios del borde, no importaba lo mucho que lo intentara. Ahora que está muerta, a veces lo miro y parece haber una especie de destello en un lugar.

¿Era sólo una conversación vana?

Kikuji apenas soportaba escuchar.

—Menuda tormenta. ¿Qué tiempo hace ahí?

—Terrible. Me asusté mucho con los truenos.

—Hace varios días que no voy al trabajo, y ahora estoy en casa. Si no tienes otra cosa que hacer, ¿por qué no vienes?

—Gracias. Tengo la intención de pasar a visitarlo, pero tal vez cuando haya encontrado trabajo. Estoy pensando en trabajar. —Antes de que él pudiera contestar, ella continuó—: Me alegra tanto que haya llamado. Lo veré. Aunque no debería verlo nuevamente, por supuesto.

Kikuji se levantó de la cama cuando el chaparrón ya había pasado. Estaba sorprendido ante el efecto que había causado en él la conversación telefónica.

Extrañamente, su culpa con respecto al asunto de la señora Ota parecía desaparecer cuando escuchaba la voz de la hija. ¿Acaso lo hacía sentir que la madre aún estaba viva?

Pasó la brocha de afeitar por las hojas que había en la veranda, mojándola con el agua de la lluvia.

El timbre sonó poco después del almuerzo. Tal vez era Fumiko... Pero no, era Kurimoto Chikako.

—Oh, eres tú.

—Qué calor hace. Te he abandonado y pensé que debía visitarte.

—No he estado del todo bien.

—No tienes buen color —expresó con el ceño fruncido.

Había sido una tontería, pensó, asociar el sonido de los zuecos de madera con Fumiko. Fumiko iría vestida a la manera europea.

—¿Te has hecho hacer dientes nuevos? —preguntó él—. Pareces más joven.

—Tengo tiempo libre durante la época de las lluvias. Al principio estaban demasiado blancos, pero se volvieron amarillos con rapidez. Quedarán bien.

La condujo a la sala, que también hacía las veces de dormitorio. Ella miró el nicho.

—Siempre me han gustado los nichos vacíos —dijo Kikuji—. Nada colgando que a uno lo abrume.

—Sí, pero unas flores no estarían mal. —Ella se volvió—. ¿Qué hiciste con el Shino de la señorita Ota?

Kikuji no respondió.

—¿No deberías devolverlo?

—Eso creo que me corresponde decidirlo a mí.

—Me temo que no.

—Tú no estás en posición de impartir órdenes.

—Eso tampoco es totalmente cierto. —Se rió y mostró sus blancos dientes—. He venido para decirte lo que pienso. —En un rápido gesto llevó las manos hacia adelante y luego las abrió, como si ahuyentara algo—. Si no te deshaces de esa bruja...

—Parece que estés amenazándome...

—Yo soy la mediadora y tengo la última palabra.

—Si estás hablando de la joven Inamura, siento haber rechazado tu propuesta.

—Es muy miserable de tu parte rechazar a la muchacha porque no te gusta la mediadora. La mediadora es un puente. Adelántate, pisa el puente. Tu padre también lo hacía.

Kikuji no ocultó su desagrado.

Cuando Chikako se ponía a discutir, echaba los hombros hacia atrás.

—Te estoy diciendo la verdad. Yo soy diferente de la señora Ota. En cuanto a tu padre, yo fui un caso de poca importancia. No veo razón para ocultar la verdad: yo, por desgracia, no era su pasatiempo favorito. Apenas comenzó, estaba concluido. —Miró hacia abajo—. Pero no me arrepiento. Él fue bastante bueno como para utilizarme después, cuando le convenía. Como la mayoría de los hombres, encontraba más fácil utilizar a una mujer con la cual había tenido un romance. Y así, gracias a él, desarrollé una sana y buena disposición al sentido común.

—Ya veo.

—Deberías hacer uso de mi saludable sentido común.

Kikuji casi se sintió tentado de confiar en ella. Había algo en lo que había dicho...

Chikako sacó un abanico del *obi*.

—Cuando una persona es demasiado hombre o demasiado mujer, en general, no tiene demasiado sentido común.

—¿Ah, sí? ¿El sentido común acompaña a los neutros, entonces?

—No seas sarcástico. Pero los neutros, como tú los llamas, no tienen ningún problema en comprender a los hombres y a las mujeres también. ¿Has pensado cuán extraordinario es que la señora Ota haya sido capaz de morir dejando a una hija? Parece bastante posible que haya tenido a alguien a quien recurrir. Si muriese, ¿no podría Kikuji cuidar a esa hija?

—¿De qué hablas?

—Pensé y pensé y, de pronto, me enfrenté con una sospecha: ella murió para interferir en tu matrimonio. Ella no murió simplemente. Había algo más en ese acto.

—Tus fantasías a veces pueden ser monstruosas. —Pero incluso mientras hablaba, Kikuji se quedó boquiabierto ante la fuerza de la fantasía.

Se le apareció como el destello de un relámpago.

—Tú le hablaste de la joven Inamura a la señora Ota, ¿no? —Kikuji lo recordaba, pero simuló ignorarlo—. Fuiste tú, ¿no?, quien le dijo que ya estaba todo dispuesto...

—Así es. Le dije que no interfiriera. Fue la noche que murió —confesó Chikako—. ¿Cómo sabes que telefoneé? ¿Vino ella a verte, sollozando? Claro que sí. Puedo adivinarlo, por la manera que me gritaba por el teléfono.

—Entonces, es casi como si tú la hubieras matado, ¿no?

—Supongo que esa conclusión hace las cosas más fáciles para ti. Bueno, estoy acostumbrada a ser la mala. Cuando tu padre necesitaba una, yo era su blanco favorito. No es exactamente que esté devolviendo un viejo favor, pero hoy estoy aquí para desempeñar el papel de la mala.

Kikuji sabía que Chikako estaba dando rienda suelta a sus viejos y profundos celos.

—Pero no te preocupes por lo que ocurre entre bambalinas —dijo con desprecio—. No me importa lo más mínimo si quieres seguir pensando que soy una vieja bruja. Pronto lograré un buen matrimonio para ti.

—Debo pedirte que dejes de hablar de ese «buen matrimonio» que estás preparando para mí.

—Por cierto, yo no quiero hablar de la señora Ota más que tú. —Suavizó la voz—. No quiero decir que fuera mala... Ella tan sólo esperaba que, al morir, la hija fuera de manera natural para ti.

—Otra vez ese disparate.

—¿Pero no es verdad? ¿Realmente crees que cuando vivía no pensó ni una sola vez en casar a su hija contigo? A mí me parece obvio. Despierta y dormida, cerniéndose sobre tu padre, casi embrujándolo, solía pensar yo. Si quieres llamar puros a sus sentimientos, supongo que lo eran. Estaba medio desquiciada y se las ingenió para involucrar también a su hija y, al final, ofreció su vida. Tal vez fue pura pero, para el resto de nosotros, todo esto suena como una terrible maldición, como si una hechicera nos tendiera una red.

Los ojos de Kikuji encontraron los suyos.

Los pequeños ojos de ella se enfocaron en él.

Incapaz de deshacerse de ellos, Kikuji desvió la mirada. Se retrajo y dejó que la mujer continuara hablando. Su posición había sido débil desde un principio y esa extraña acotación lo había conmocionado.

¿La muerta había pensado realmente en casar a su hija con él? Kikuji no quería pensar en esa posibilidad. Era una fantasía, producto de los celos ponzoñosos de Chikako. De horribles sospechas que anidaban en su pecho, como la horrible mancha de nacimiento.

Se sentía sumamente incómodo.

¿No había él anhelado lo mismo?

Por cierto, el corazón de uno podía trasladarse de la madre a la hija; pero si, aun embriagado por el abrazo de la madre, él no había percibido que estaba siendo transferido a la hija, ¿no había sido, de hecho, presa de un hechizo?

¿Y su entera naturaleza no había cambiado después de conocer a la señora Ota? Se sintió aturdido.

La doncella entró en la habitación.

—La señorita Ota ha dicho que pasará más tarde, si usted está ocupado.

—¿Ya se ha ido, entonces? —Kikuji se puso en pie.

2

—Me alegro de que haya telefoneado esta mañana. —Fumiko levantó la mirada, mostrando la curva de su largo y níveo cuello.

Había una sombra amarillenta en el hueco entre el cuello y el pecho.

—Chikako está aquí.

Kikuji había salido de la estancia sintiéndose tenso e incómodo, pero al ver a Fumiko la tensión lo abandonó de manera singular.

Ella asintió con la cabeza.

—Vi el paraguas de la señorita Kurimoto.

—Oh, ¿ése?

Había un paraguas gris de mango largo junto a la puerta.

—¿Por qué no esperas en la casita del jardín? La vieja Kurimoto se marchará pronto.

Él se preguntó por qué, sabiendo que Fumiko llegaría, no había despedido a Chikako.

—En lo que a mí respecta, no importa.

—Entonces, entra.

Una vez que la hicieron pasar a la sala, Fumiko saludó a Chikako como si no sospechara ninguna hostilidad. Le agradeció las condolencias.

Chikako encorvó el hombro izquierdo y echó la cabeza hacia atrás, como cuando observaba a una discípula de la ceremonia del té.

—Tu madre era una persona tan noble... Siempre que veo a alguien como ella siento que estoy observando caer las últimas flores. Éste no es un mundo para la gente gentil.

—Madre no era tan gentil.

—Debe de haberla angustiado morir y dejar sola a su única hija.

Fumiko miró la puerta.

La boca con el labio inferior sobresaliente estaba apretada con firmeza.

—Debes de sentirte muy sola. ¿Por qué no empiezas con las clases de té nuevamente?

—Pero...

—Eso te dará algo en que pensar.

—Me temo que no puedo afrontar tales lujos.

—Vamos, no es para tanto. —Chikako desdeñó la acotación con un gesto de las manos, que había mantenido entrelazadas sobre las rodillas—. De hecho, estoy aquí para ventilar la casita. La lluvia parece haber cesado. —Miró a Kikuji—. Fumiko está aquí también. ¿Lo hacemos?

—Disculpa...

—Pensé que podría utilizar la pieza Shino que tienes como recuerdo de la madre de Fumiko.

La joven levantó la mirada.

—Y todos podemos intercambiar recuerdos.

—Lloraré con sólo entrar en la casita del jardín.

—Lloremos. Todos daremos rienda suelta a un buen llanto —dijo la vieja—. Yo no dispondré de la casita del jardín una vez que Kikuji se haya casado. Está llena de recuerdos, por supuesto, pero entonces... —Chikako se rió brevemente y luego se puso seria otra vez—. Una vez lo hayamos concertado todo con la señorita Inamura Yukiko, ya sabes.

Fumiko asintió. Su rostro no demostraba la menor expresión.

Había, sin embargo, señales de fatiga en el rostro redondeado, que tanto se parecía al de su madre.

—No haces más que abochornar a los Inamura al hablar de planes que no están definidos —dijo Kikuji.

—Yo hablo de un posible compromiso. Pero tienes razón. Son las cosas buenas las que atraen a los villanos. Debes aparentar que no has oído nada, Fumiko.

—Por supuesto. —La joven asintió nuevamente con la cabeza.

Chikako llamó a la doncella y salió para limpiar la casita del jardín.

—Tenga cuidado —gritó la criada desde el jardín—. Las hojas aún están húmedas en la sombra.

3

—Esta mañana llovía tan fuerte aquí que debe de haberlo oído por el teléfono.

—¿Puedes oír la lluvia a través del teléfono? Yo no estaba escuchando. ¿Puedes oír la lluvia en mi jardín?

Fumiko miró afuera, hacia los arbustos, detrás de los cuales se oía la escoba de Chikako.

Kikuji también miró hacia afuera.

—No lo pensé en el momento, pero después caí en la cuenta. Era un verdadero aguacero.

—Me aterrorizaron los truenos.

—Eso dijiste por teléfono.

—Soy igual que mi madre en una serie de asuntos triviales. Cuando era pequeña y había truenos, madre solía cubrirme la cabeza con las mangas de su kimono. Y cuando salía en época de verano, levantaba la vista al cielo y preguntaba si alguien creía que tronaba. Incluso hoy día, a veces, quiero cubrirme la cabeza. —La timidez pareció deslizarse desde sus hombros al pecho—. He traído el tazón Shino.

Se puso en pie y colocó el tazón, todavía envuelto en el pañuelo, ante las rodillas de Kikuji.

Él, sin embargo, vaciló y entonces la propia Fumiko lo desató.

—¿Utilizaba tu madre el Raku como taza de todos los días? ¿Era un Ryonyu?

—Sí. Pero madre pensaba que el té común y corriente no era apropiado ni para el Raku rojo ni para el negro. En su lugar, ella utilizaba este tazón.

—Uno no puede distinguir el color del té en el Raku negro.

Kikuji no hizo ademán de coger el Shino que tenía delante.

—Dudo que sea una muy buena pieza.

—Yo estoy seguro de que es muy buena. —Pero todavía no alargó la mano para tomarlo.

Era como Fumiko lo había descrito. El esmalte blanco transportaba una tenue sugerencia de rojo. A medida que uno lo miraba, el rojo parecía emerger desde lo más profundo del color blanco.

El borde era levemente marrón. En una zona, el marrón era más oscuro. ¿Era allí donde uno bebía?

El borde podía haberse manchado por el té o podía haberse manchado con los labios.

Kikuji miró el marrón tenue y sintió que allí había un toque de rojo.

¿Dónde se había estampado el lápiz de labios de la señora Ota?

Había también un color rojo y negro en la rajadura. El color desteñido del lápiz de labios, el color rojo de una rosa marchita, el color de sangre vieja y seca. Kikuji comenzó a sentirse intranquilo.

Una sensación de náusea y de suciedad y una abrumadora fascinación surgieron simultáneamente.

Con un esmalte negro salpicado de verde y algún que otro toque de bermejo, voluminosas hojas de hierba rodeaban el borde del tazón. Limpias y saludables, las hojas fueron suficientes para disipar sus mórbidas fantasías.

Las proporciones del tazón eran fuertes y dignas.

—Es una pieza magnífica. —Kikuji por fin la tomó en sus manos.

—Realmente no lo sé, pero a madre le gustaba.

—Hay algo muy seductor en los tazones para té de las mujeres.

La mujer que había en la madre de Fumiko se le apareció nuevamente, tibia y desnuda.

¿Por qué Fumiko había traído ese tazón manchado con el lápiz de labios de su madre? ¿Acaso era ingenua o tenía falta de tacto? Kikuji no podía determinarlo.

Pero la falta de resistencia de Fumiko parecía haber pasado a su persona.

Dio vueltas a la taza una y otra vez sobre la rodilla, evitando, sin embargo, tocar el borde.

—Guárdala. Habrá problemas si la vieja Kurimoto la ve.

—Sí. —La muchacha la colocó en la caja y la envolvió. Era evidente que había tenido intenciones de dársela, pero había perdido la oportunidad de decirlo. Quizá había llegado a la conclusión de que a él no le gustaba.

Fumiko volvió a llevar el paquete al vestíbulo.

Con los hombros encorvados, Chikako llegó del jardín.

—¿Te importaría sacar la jarra de la señora Ota para el agua?

—¿No podrías utilizar una de las nuestras, ya que Fumiko está aquí?

—No lo comprendo. ¿No te das cuenta de que quiero utilizarla precisamente porque ella está aquí? Tendremos frente a nosotros ese regalo suyo mientras intercambiamos recuerdos de su madre.

—Pero tú odiabas a la señora Ota.

—En absoluto. Simplemente no estábamos hechas la una para la otra. ¿Cómo se puede odiar a una persona muerta? No estábamos hechas la una para la otra y yo no lograba entenderla. Y, en cambio, en algunos aspectos la entendía demasiado bien.

—Siempre has sido aficionada a comprender a la gente demasiado bien.

—Deberían hacer que no se los entendiera con tanta facilidad.

Fumiko apareció entonces en la veranda y se sentó dentro de la habitación.

Encorvando el hombro izquierdo, Chikako se volvió para hablarle a la muchacha.

—Fumiko, ¿podríamos utilizar el Shino de tu madre?

—Por favor, hágalo.

Kikuji sacó la jarra Shino de un cajón.

Chikako deslizó el abanico dentro del *obi*, se colocó la caja bajo el brazo y regresó a la casita del jardín.

—Me sorprendió mucho saber que te habías mudado. —Kikuji se dirigió hacia la veranda—. ¿Vendiste la casa tú sola?

—Sí. Pero fue muy simple. Conocía a la gente que la compró. Vivían en Oiso mientras buscaban algo permanente y me ofrecieron intercambiar las casas. La suya era muy pequeña, perfecta para mí, dijeron. Pero no puedo vivir sola, no importa lo pequeña que sea la casa y, si voy a trabajar, será más fácil vivir en un cuarto alquilado. Decidí vivir en casa de un conocido.

—¿Has encontrado trabajo?

—No. Si soy franca conmigo misma, debo admitir que no hay nada para lo que esté capacitada. —Fumiko sonrió—. Mi intención era visitarlo una vez hubiera encontrado trabajo. Odiaba la idea de hablar con usted mientras aún estaba a la deriva, sin casa, sin trabajo, sin nada.

«En momentos como ése deberías hablar conmigo», quería decir Kikuji. Pensó en Fumiko sola, pero no era una figura solitaria la que veía.

—Yo también estoy pensando en vender esta casa, pero lo pospongo y lo pospongo. Por querer vender, he dejado sin atender los aleros, y ya puedes ver cuánto hace que no cambio las esterillas.

—Se casará aquí, supongo —dijo ella sin afectación—. Puede cambiarlas entonces.

Kikuji la miró.

—¿La historia de Chikako? ¿Acaso crees que puedo casarme ahora?

—¿Por madre? Madre ya lo ha hecho sufrir bastante. Debe pensar en ella como en algo que terminó hace mucho tiempo.

4

Limpiar la casita le llevó muy poco tiempo a la experimentada Chikako.

—¿Os gusta la compañía en la que he colocado la jarra Shino? —preguntó.

Kikuji no lo sabía. Fumiko también permaneció callada. Ambos miraron la jarra Shino.

Frente a las cenizas de la señora Ota había sido un florero, y ahora estaba de vuelta en su antiguo oficio: una jarra de agua en la ceremonia del té.

Una jarra que había pertenecido a la señora Ota era utilizada ahora por Chikako.

Después de la muerte de la señora Ota, había pasado a manos de su hija, y de Fumiko había pasado a Kikuji.

Había tenido un extraño destino. Pero quizá la rareza era algo natural en los recipientes de té.

Durante los trescientos o cuatrocientos años antes de que se convirtiera en propiedad de la señora Ota, había pasado por las manos de personas… ¿Con qué extraños destinos?

—Junto a la tetera de hierro, la jarra Shino luce más aún, como una bella mujer —le dijo Kikuji a Fumiko—. Es lo bastante fuerte como para mantener su presencia junto al hierro.

El lustre resplandecía serenamente desde las profundidades del blanco.

Kikuji había dicho por teléfono que, cuando miraba la jarra Shino, quería ver a Fumiko.

¿En la blanca piel de su madre había percibido la intensidad femenina?

Era un día cálido. Kikuji abrió las puertas correderas de la casita. Los arces reverdecían en la ventana detrás de Fumiko. La sombra de las hojas de uno de ellos, capa tras capa, caía sobre el cabello de la muchacha. Su cabeza y el largo cuello estaban en la luz de la ventana, y sus brazos, bajo las mangas cortas de un vestido que aparentemente llevaba por primera vez, eran blancos con un toque de verde. Aunque no era regordeta, había en sus hombros cierta redondez, y había redondez en sus brazos también.

Chikako observaba la jarra.

—Uno no puede darle vida a una jarra de agua a menos que la utilice para el té. Es un gran desperdicio atestarla con flores extrañas.

—Madre la utilizaba para flores también —dijo Fumiko.

—Es como un sueño, sentarse aquí, con este recuerdo de tu madre. Estoy segura de que ella se siente feliz de vernos ahora aquí.

¿Eso era sarcasmo? Fumiko, sin embargo, no pareció notarlo.

—Deduzco que el señor Mitani quiere utilizarla como florero; yo, por mi parte, he dejado la ceremonia del té.

—Oh, no debes decir eso. —Chikako miró a su alrededor—. Me siento totalmente en paz cuando se me permite estar aquí. A menudo voy a muchas casas como ésta, por supuesto. —Miró a Kikuji—. El año próximo será el quinto aniversario de la muerte de tu padre. Debemos realizar la ceremonia del té.

—Supongo que sí. Será divertido invitar a todo tipo de expertos y utilizar piezas de imitación desde el comienzo hasta el final —repuso Kikuji.

—Oh, vamos. No hay una sola pieza de imitación en toda la colección de tu padre.

—¿Ah, no? ¿Pero no crees que sería divertido? —le preguntó a Fumiko—. Esta casita siempre huele a un veneno anticuado, y una verdadera ceremonia falsa puede ahuyentar el veneno. Hagámosla en memoria de mi padre y que sea también mi despedida de la ceremonia del té. Por supuesto, hace mucho que he puesto a prueba mi conexión con el mundo del té.

—¿Estás diciendo que una vieja entrometida viene a airear el lugar? —Chikako revolvía el té con un batidor de bambú.

—Quizá sí.

—No debes. Pero, por otra parte, supongo que está bien poner a prueba las viejas relaciones cuando has empezado a entablar otras nuevas. —Chikako sirvió el té.

—Escucha sus bromas, Fumiko. Debes preguntarte

si este recuerdo de tu madre no ha llegado a un lugar inapropiado. Casi puedo ver el rostro de tu madre en él.

Kikuji bebió, dejó el tazón en el suelo y observó la jarra Shino. Quizá Fumiko podía ver la figura de Chikako en la tapa negra lacada.

Pero Fumiko permanecía sentada con aire ausente.

Kikuji no sabía si estaba soportando a Chikako o tal vez ignorándola.

Parecía raro que la joven pudiera estar allí, en la casita del jardín, con Chikako y no mostrar resentimiento.

Hacía un rato había permanecido impasible cuando Chikako le habló del matrimonio de Kikuji.

A causa de la larga hostilidad hacia Fumiko y su madre, Chikako hacía que cada acotación fuera un insulto.

¿Acaso la pena de Fumiko era tan profunda que los insultos ondulaban por la superficie?

¿La muerte de su madre la había colocado más allá de ellos? ¿O había heredado la naturaleza de su madre, un extraño infantilismo que la dejaba incapaz de resistir, ya fuera que la amenaza surgiera en ella o en otro?

Kikuji no parecía dispuesto a protegerla del veneno de Chikako. Su comportamiento le resultaba extraño.

Y Chikako, ahora, mientras les servía el té, le pareció también una figura extraña.

La mujer sacó un reloj del *obi*.

—Estos pequeños relojes no sirven si una es corta de vista. ¿Por qué no me regalas el reloj de bolsillo de tu padre?

—Él no tenía ningún reloj de bolsillo.

—Oh, sí tenía. A menudo llevaba uno consigo. Cuando iba a la casa de Fumiko también, estoy segura. —Chikako observó, con ojos saltones, su propio reloj.

Fumiko bajó la vista.

—Las dos y diez, ¿no? Las manecillas corren juntas y forman un solo borrón. —Sus gestos se volvieron enérgicos y prácticos—. La señorita Inamura ha sido tan amable como para organizar un grupo de té, y practican a las tres. Pensé que me detendría aquí en espera de tu respuesta antes de ir.

—Dile muy claramente que tendré que rechazarla.

—Ya veo. Se lo diré muy claramente. —Chikako se enfrentó al momento crítico riéndose—. Alguna vez debo reunir el grupo de práctica en este lugar —añadió.

—Quizá podamos hacer que la señorita Inamura compre la casa. La venderé, de todos modos.

Chikako lo ignoró y se volvió hacia Fumiko.

—Fumiko, ¿por qué no vamos al menos parte del camino juntas?

—Sí.

—Pero antes debo recoger todo esto.

—Permítame ayudarla.

—Me ayudarás, ¿no? —dijo Chikako sin escucharla, apresurándose hacia la alacena.

Se oyó ruido de agua.

—Aún tienes tiempo —dijo Kikuji en voz baja—. No te marches con ella.

Fumiko negó con la cabeza.

—Tengo miedo.

—No hay nada que temer.

—Tengo miedo.

—¿Por qué no te vas y regresas cuando te la hayas quitado de encima?

Pero Fumiko negó nuevamente con la cabeza. Alisó la falda de su vestido de verano, arrugado por haber estado de rodillas.

Kikuji, todavía arrodillado, estuvo a punto de estirar la mano hacia ella.

Pensó que la joven iba a caerse. Ella se ruborizó. Había enrojecido levemente ante la mención del reloj de bolsillo y ahora toda la vergüenza parecía estar en su máximo esplendor.

Fumiko llevó la jarra Shino a la alacena.

—Así que trajiste la jarra Shino de tu madre, ¿no? —se oyó la voz ronca de Chikako.

Estrella doble

Kurimoto Chikako visitó a Kikuji para decirle que Fumiko y la joven Inamura se habían casado.

Con el cambio de hora, el cielo aún estaba brillante a las ocho y media. Después de la cena, Kikuji permanecía tumbado en la veranda, observando la jaula con luciérnagas que había comprado la criada. La luz blanca de las luciérnagas adquiría un tinte amarillo a medida que la tarde se convertía en noche. Sin embargo, no se levantó para encender la luz.

Había estado de vacaciones unos días, en la villa de un amigo en el Lago Nojiri, y había regresado esa misma tarde.

Su amigo estaba casado y tenía un bebé. Kikuji, que no estaba acostumbrado a los niños, no supo si era grande para su edad o siquiera cuánto tiempo tenía.

—Un bebé bien desarrollado —dijo finalmente.

—En realidad, no —respondió la esposa—. Era diminuto cuando nació. Ahora, por supuesto, está recuperándose.

Kikuji pasó una mano por delante del rostro del pequeño.

—No pestañea.

—Puede ver, pero pestañear viene un poco después.

Kikuji pensó que quizá tendría unos seis meses, pero en realidad apenas tenía unos cien días de vida y comprendió por qué el cabello de la joven esposa parecía tan fino, por qué su color era malo: aún se estaba recuperando del parto.

La vida de la pareja se centraba en el bebé. Parecían tener tiempo sólo para él, y Kikuji sintió que lo dejaban un poco de lado. Pero en el tren, cuando regresaba, la delgada figura de la esposa, cansada y de algún modo consumida por la vida, sosteniendo de manera ausente al bebé en sus brazos —una joven tranquila y dócil, uno se daba cuenta de inmediato—, estaba con él y no lo abandonaba. El amigo vivía con su familia, y quizá la esposa, de este modo, sola con su esposo en una villa a orillas de un lago después del nacimiento de su primer hijo, sintió la seguridad que le confería el soñador respiro de no pensar.

En casa, ahora, recostado en la veranda, Kikuji recordó a la esposa con un cariño intenso, casi reverente.

Chikako apareció por sorpresa y avanzó por la habitación.

—Oscuro como boca de lobo.

Se arrodilló en la veranda, a los pies de Kikuji.

—Es duro ser soltero. Tienes que yacer en la oscuridad y nadie enciende las luces para ti.

Kikuji cruzó las piernas. Permaneció así un rato y luego se incorporó, disgustado.

—No, por favor. Quédate como estabas. —Ella extendió la mano como para bajarlo, luego realizó una formal reverencia.

Había estado en Kyoto y se había detenido en Hakone en su camino de regreso. En Kyoto, en la casa de su maestro de té, había conocido a un tal Oizumi, un comerciante de utensilios para el té.

—Hablamos y hablamos de tu padre. Realmente, fue la primera buena conversación en mucho tiempo. Oizumi dijo que me mostraría la posada que tu padre utilizaba para sus encuentros secretos, y fuimos a una pequeña posada en Kiya-machi. Supongo que tu padre iba allí con la señora Ota. ¿Y qué sugirió Oizumi sino que me quedara allí? Muy poco sensible de su parte. Con tu padre y la señora Ota muertos, incluso alguien como yo se sentiría un poco extraña en aquel lugar en mitad de la noche.

Kikuji no dijo nada. Chikako estaba apenas mostrando su propia sensibilidad, pensó.

—¿Has estado en el lago Nojiri? —Ella ya sabía la respuesta. Era su estilo averiguar de la doncella la fecha de llegada y aparecer sin avisar.

—Hace tan sólo unos minutos que he vuelto —respondió Kikuji con malhumor.

—Yo hace días que regresé. —La respuesta de Chikako también fue brusca. Abruptamente, encorvó el hombro izquierdo—. ...Y al regresar encontré que había ocurrido una desgracia. Me horroricé. Algo terrible, no sé cómo decírtelo.

Le contó que la joven Inamura se había casado.

En la oscuridad, Kikuji no tuvo que ocultar su sorpresa.

Pudo responder con frialdad:

—¿Ah, sí? ¿Cuándo?

—Hablas como si no te importara.

—Yo di mi negativa más de una vez.

—Al menos, aparentemente lo hiciste. Querías que pareciera que no estabas interesado porque una vieja entrometida te achuchaba. Pero la muchacha en sí misma estaba bien.

—¿De qué hablas? —Kikuji se rió burlonamente.

—Creo que la joven te gustaba bastante.

—Era una joven muy agradable.

—Yo vi todo.

—El hecho de que yo piense que es una muchacha muy agradable no significa que quiera casarme con ella.

Sin embargo, había sentido un puñal en el corazón y, como si tuviera una sed violenta, luchaba por dibujar el rostro de la joven en su mente.

La había visto sólo dos veces.

Para exhibirla, Chikako la había hecho preparar té en el templo Engakuji. Su desempeño había sido simple y elegante, y la imagen de sus hombros y las largas mangas del kimono aún estaba vívida; y la del cabello también, radiante de luz a través de las puertas de papel. Las sombras de las hojas sobre el papel, la servilleta rojo brillante, el pañuelo rosa de crespón bajo su brazo mientras caminaba por los jardines del templo hacia la casita del jardín, las mil grullas blancas: todo eso flotaba vivamente en su cabeza.

La segunda vez, ella había aparecido allí, en su casa, y Chikako había hecho té. Al día siguiente, Kikuji había sentido que el perfume de la muchacha persistía. Incluso hoy podía ver su *obi* con lirios siberianos, pero su rostro lo eludía.

Kikuji no podía recordar los rostros de su madre ni de su padre, que habían muerto hacía tres o cuatro años. Miraba un cuadro y allí estaban. Quizá las personas eran progresivamente más difíciles de representar en la mente cuanto más cercanas, más amadas eran. Quizá los recuerdos nítidos llegaban más fácilmente en proporción a su fealdad.

Las mejillas y los ojos de Yukiko eran recuerdos abstractos, como efectos de luz, y el recuerdo de la mancha de nacimiento de Chikako en su pecho era algo concreto, como un sapo.

Aunque la veranda estaba ahora a oscuras, Kikuji podía ver que Chikako llevaba puesta una camiseta de crespón blanca bajo el kimono. Aunque hubiera sido de día no podría haber visto la mancha; pero estaba allí, frente a él; era más visible en la oscuridad.

—Bueno, la mayoría de los hombres no dejarían que se les escapara una muchacha mientras piensan en lo agradable que es. Después de todo, hay una sola Yukiko en este mundo. No la encontrarás otra vez, aunque te pases la vida entera buscando. Es así de simple, pero tú no lo entiendes. Eres inexperto y engreído. Bueno, esto ha cambiado su vida y ha cambiado también la tuya. Ella estaba muy interesada. Es evidente que, si ella no es feliz en su matrimonio, tú serás el responsable.

Kikuji no respondió.

—La miraste bien, supongo. ¿No te molesta pensar que en los años venideros una muchacha como ella te recordará y pensará que habría preferido casarse contigo?

Había malicia en su voz.

La muchacha ya estaba casada, ¿por qué había que hablar de eso?, pensó Kikuji.

—¿Luciérnagas? ¿En esta época del año? —Chikako echó la cabeza hacia adelante—. Es casi otoño. ¿Hay luciérnagas todavía por aquí? Como fantasmas.

—Las ha traído la criada.

—Ésa es la clase de cosas que hacen las criadas. Si estuvieras estudiando para la ceremonia del té, no lo tolerarías. Puede que no lo sepas, pero en Japón somos muy conscientes de las estaciones.

Era cierto: había algo fantasmal en las luciérnagas. Kikuji recordó los insectos otoñales que zumbaban en las orillas del lago Nojiri. Luciérnagas muy extrañas, vivas aún ahora.

—Si tuvieras esposa, no te deprimirías con cosas del fin de las estaciones. —De pronto, el tono de la mujer era suave e íntimo—. Pensé en organizar tu matrimonio como un servicio a tu padre.

—¿Un servicio?

—Sí. ¿Y qué más ha sucedido mientras tú yacías en la oscuridad mirando las luciérnagas? Que la muchacha Ota también se ha casado.

—¿Cuándo? —Kikuji se sintió aún más perplejo.

Su muestra de compostura le pareció notable, pero algo en su voz debió de delatarlo.

—Yo me sorprendí tanto como tú al regresar de Kyoto y enterarme. Parece que las dos se hayan puesto de acuerdo para casarse. Pero, bueno, todo esto es por culpa de tu indecisión.

Kikuji no podía creer que Fumiko también se hubiera casado.

—Después de todo, la señora Ota tuvo éxito en arruinar tu matrimonio, aun cuando tuvo que morir para lograrlo. Pero quizá esa bruja nos abandone, ahora que Fumiko está casada. —Chikako miró hacia el jardín—. ¿Por qué no podas los árboles? Incluso en la oscuridad puedo ver cómo han crecido. Es el jardín más tenebroso en el que he estado nunca.

Kikuji no había llamado a un jardinero en los cuatro años que habían pasado desde la muerte de su padre. Un desagradable olor a humedad que provenía del jardín le recordó el pleno calor del día.

—Y supongo que la criada no sabe nada acerca de plantas. Podrías mencionárselo, al menos.

—No creo que eso sea asunto tuyo.

Aunque Kikuji fruncía ferozmente el ceño ante cada acotación, la dejaba seguir hablando. Siempre le sucedía lo mismo con ella.

Incluso cuando la vieja lo fastidiaba, buscaba congraciarse con ella. Estaba acostumbrado a sus tretas. Mostraba abiertamente su disgusto y se ponía a la defensiva. Chikako lo sabía, pero la mayoría del tiempo simulaba ignorancia. De vez en cuando, le permitía ver cuánto sabía.

Incluso cuando ella lo fastidiaba, Kikuji rara vez decía cosas que asombraran por su incongruencia. Todo se desarrollaba con esa autoaversión que se había convertido en parte de su naturaleza.

Esa noche ella tanteaba el terreno para ver su reacción ante las nuevas. Kikuji estaba en guardia. ¿Cuál podía ser la razón de Chikako? Ella buscaba casarlo con Yukiko y alejar a Fumiko y, aunque no estaba en posición de preguntarle cómo se sentía ahora, seguía escarbando en las sombras.

Kikuji pensó en encender las luces de la habitación y la veranda. Era extraño estar allí, a oscuras con Chikako; no eran para nada tan íntimos. Ella le había dado un consejo sobre el jardín y él lo había desdeñado como otras tantas cosas que ella decía. En comparación, parecía una tontería ponerse de pie y encender las luces.

Tampoco Chikako, a pesar de que había hablado de lo oscuro que estaba el lugar en el mismo momento en que había entrado, hizo ademán alguno de incorporarse. Servir a los demás era su costumbre, pero Kikuji podía ver que su ardor por servirlo había disminuido. Quizá estaba envejeciendo. Quizá ella recuperaría nuevamente su dignidad como experta en la ceremonia del té.

—Yo sólo te transmito un mensaje de Oizumi en Kyoto —dijo con indiferencia—, pero si alguna vez te decides a vender la colección de tu padre, a él le gustaría organizar la venta. Si tienes intenciones de hacer un esfuerzo y comenzar una nueva vida, ahora que Yukiko se ha casado con otro, no creo que estés de humor para el té. Me entristece abandonar el trabajo que hacía cuando tu padre estaba vivo, pero supongo que la casita del jardín sólo recibe la ventilación que yo le doy.

—Bueno, bueno. —Kikuji lo vio claro.

Sus objetivos eran demasiado evidentes. Chikako

había fracasado en disponer el matrimonio con Yukiko, por lo que no vería más a Kikuji y, como despedida, formaría una sociedad con Oizumi para apoderarse de su colección. Había discutido las condiciones de la venta en Kyoto.

Kikuji se sintió menos enfadado que aliviado.

—También estoy pensando en vender la casa. Quizá te llame uno de estos días.

—Podemos sentirnos seguros con alguien que ha visitado la casa con asiduidad desde la época de tu padre.

Kikuji sospechó que Chikako sabía mejor que él lo que había en la colección. Posiblemente ya había calculado las ganancias.

Kikuji miró hacia la casita del jardín. Frente a ella había un gran laurel repleto de flores, un vago borrón blanco. En cuanto al resto, la noche era tan oscura que tenía dificultades en seguir la línea entre los árboles y el cielo.

2

Una tarde, cuando estaba a punto de marcharse de la oficina, Kikuji recibió una llamada telefónica.

—Soy Fumiko —oyó una voz muy suave.

—Hola.

—Soy Fumiko.

—Oh, sí. Te he reconocido.

—Pensaba verlo en persona, pero hay algo por lo que debo disculparme. Si no le telefoneaba, sería demasiado tarde.

—¿Disculpa?

—Ayer eché una carta al correo, pero creo que olvidé el sello.

—¿Ah, sí? No ha llegado todavía.

—Cuando fui a echarla compré diez sellos, y aún tenía diez cuando regresé a casa. Debía de estar pensando en otra cosa. Quería disculparme antes de que usted reciba la carta.

—¿Eso es todo? No te preocupes, no tiene ninguna importancia. —Kikuji se preguntó si la carta era para comunicarle su casamiento.

—Siempre hablamos por teléfono y ésta era la primera vez que le escribía. Supongo que olvidé el sello mientras me preguntaba si debía enviarla o no.

—¿Desde dónde llamas?

—Desde un teléfono público. La estación central de Tokio. Alguien espera la cabina.

—¿Un teléfono público? —Kikuji no estaba demasiado satisfecho con la respuesta—. Felicidades.

—¿Qué? Gracias. Finalmente lo logré, pero ¿cómo lo ha sabido?

—Chikako me lo contó.

—¿La señorita Kurimoto? ¿Cómo lo sabe ella? Qué persona tan aterradora.

—Supongo que tú ya no la has visto más. La última vez que hablamos oía la lluvia por el teléfono, ¿recuerdas?

—Sí, eso dijo. Acababa de mudarme y me preguntaba si debía decírselo. Esta vez es lo mismo.

—Deberías habérmelo dicho. Desde que me enteré por Chikako, he estado preguntándome si debía felicitarte.

—Y yo simplemente desaparecí... Es un tanto triste, ¿no? Quien desapareció... —Su voz se desvanecía, igual que la de su madre.

Kikuji guardó silencio.

—Pero tengo que ser yo quien desaparezca. —Hubo una pausa—. Es un pequeño cuartucho mugriento. Lo alquilé cuando encontré trabajo.

—¿Disculpa?

—No fue fácil comenzar a trabajar en la época más calurosa del año.

—Imagino que no. Y recién casada, además.

—¿Casada? ¿Ha dicho «casada»?

—Sí, felicidades.

—¿Yo? ¿Casada?

—Estás casada, ¿no?

—¿Yo?

—¿No te has casado?

—¡No, no! ¿Cómo podría? Con la reciente muerte de mi madre...

—Ya veo.

—¿La señorita Kurimoto le dijo que me había casado?

—Sí.

—¿Por qué? ¿Por qué lo dijo? ¿Y usted lo creyó? —La pregunta parecía dirigirse a medias a la propia Fumiko.

—No me gusta hablar de esto por teléfono —dijo Kikuji con decisión—. ¿No puedo verte?

—Sí.

—Iré a la central de Tokio. Espérame allí.

—Pero…

—¿Hay otro lugar en donde preferirías que nos encontráramos?

—No me gusta verme con gente en lugares extraños. Mejor voy yo a su casa.

—¿Vamos juntos?

—Eso significaría encontrarnos en algún lugar.

—¿No puedes venir aquí?

—No. Iré a su casa yo sola.

—Bien. Yo salgo ahora para allá. Si llegas primero, entra.

Al tomar un tren en la central de Tokio, ella llegaría antes que él. Sin embargo, Kikuji se preguntó si no irían en el mismo tren. La buscó entre la muchedumbre.

Ella había llegado antes.

Estaba en el jardín, le dijo la criada. Kikuji rodeó la casa y la vio sentada en una piedra, a la sombra del laurel blanco.

Desde la visita de Chikako hacía unos días, la criada había tenido el detalle de rociar los arbustos antes de que Kikuji llegara a casa. Utilizaba un viejo grifo del jardín.

La piedra en donde Fumiko apoyaba las manos parecía húmeda.

Cuando un laurel rojo se inunda de flores, el rojo contra las gruesas hojas verdes es como la llamarada del cielo de verano. Pero cuando las flores son blancas, el efecto es opulento y refrescante. Los ramilletes blancos se inclinaban levemente y rodeaban a la muchacha. Llevaba puesto un vestido de algodón blanco, ribeteado en los bolsillos y en el cuello con cintas finas de color azul marino.

La luz del sol, que llegaba del oeste y pasaba por encima del laurel, caía sobre Kikuji.

—Me alegro de verte. —Había nostalgia en su voz mientras se acercaba a ella.

—Por teléfono, hace unos minutos… —empezó a decir Fumiko.

Al ponerse en pie pareció rehuirlo. Quizá había sentido que, a menos que lo detuviera, él le tomaría la mano.

—Usted dijo eso, y he venido a negarlo.

—¿Que estás casada? Me sorprendí mucho.

—¿Sorprendido de que lo estuviera o de que no lo estuviera? —Miró al suelo.

—Bueno, ambas cosas. Cuando oí que estabas casada y, nuevamente, cuando oí que no lo estabas.

—¿Las dos veces?

—¿No debería haberlo sentido? —Kikuji caminó por las piedras—. Entremos en casa. Podrías haberme esperado dentro. —Se sentó en la veranda—. Hace poco, había regresado de un viaje y estaba aquí echado. Chikako entró de improviso. Era de noche…

La doncella llamó a Kikuji para que entrara en la casa, probablemente para confirmar las instrucciones para la cena que él le había impartido por teléfono desde la oficina. Cuando estaba dentro, se cambió la ropa por un kimono blanco de lino.

Fumiko parecía haberse empolvado el rostro. Lo esperó para sentarse de nuevo.

—¿Qué dijo exactamente la señorita Kurimoto?

—Sólo que estabas casada.

—¿Y usted lo creyó?

—Bueno, es de la clase de mentiras que no puedo creer que alguien diga.

—¿Ni siquiera dudó? —Los ojos casi negros estaban húmedos—. ¿Podría casarme ahora, sería posible? ¿Cree que podría? Madre y yo sufrimos juntas, y con el dolor todavía aquí… —Era como si su madre aún estuviera viva—. Madre y yo abusamos demasiado de la gente, pero esperamos que nos entiendan. ¿Es imposible? ¿Estamos viendo nuestros reflejos en nuestros propios corazones? —Su voz osciló al borde del llanto.

Kikuji se quedó callado un rato.

—No hace mucho tiempo dije lo mismo. Pregunté si pensabas que podía casarme. El día de la tormenta, ¿no?

—¿El día de los truenos?

—Y ahora me lo dices tú a mí.

—Pero es diferente.

—Tú dijiste varias veces que me casaría.

—Pero su caso es tan distinto. —Lo miró con los ojos llenos de lágrimas—. Usted es diferente de mí.

—¿Cómo?

—Su posición, su lugar.

—¿Mi posición?

—Su posición es distinta. ¿No debería decir «posición»? Diré el grado de oscuridad, entonces.

—En una palabra, ¿la culpa? La mía es más profunda.

—No. —Ella sacudió la cabeza con violencia y se le escapó una lágrima que dibujó una extraña línea desde el extremo del ojo izquierdo hasta la oreja—. La culpa fue de madre y ella murió, si es que podemos hablar de culpa. Pero no creo que haya sido culpa. Sólo pena.

Kikuji permaneció sentado con la cabeza gacha.

—Si hubiera sido culpa —continuó ella—, es posible que nunca pasara. Pero la pena sí.

—Cuando hablas de oscuridad, ¿no estás haciendo que la muerte de tu madre sea más oscura de lo necesario?

—Debería haber dicho el grado de pena.

«Es el grado de amor», quería añadir él, pero se contuvo.

—Y está el asunto de usted y Yukiko. Eso lo hace diferente de mí. —Hablaba como si quisiera que la conversación regresara a la realidad—. La señorita Kurimoto pensó que madre intentaba interferir y pensó que yo me interponía también. Y por eso dijo que estaba casada. No puedo pensar en ninguna otra explicación.

—Pero ella me dijo que la joven Inamura también se había casado.

Por un instante pareció que su rostro iba a desintegrarse. Nuevamente sacudió la cabeza con violencia.

—Mentira, mentira. Eso también es mentira. ¿Cuándo...?

—¿Cuándo se casó? Recientemente, supongo.

—Seguro que es mentira.

—Cuando oí que ambas os habíais casado, pensé que era posible en tu caso —dijo él en voz baja—. Pero en el otro caso tiene que ser verdad.

—Es mentira. Nadie se casa con este calor. Con un kimono de verano, sudando, ¿se lo imagina?

—¿No hay bodas en verano?

—Sólo muy de vez en cuando. La gente pospone las bodas para el otoño, o... —Por alguna razón, las lágrimas asomaron a sus ojos nuevamente y cayeron sobre sus rodillas. Observó la mancha húmeda—. Pero ¿por qué diría esas mentiras la señorita Kurimoto?

—Me engañó astutamente, ¿no? —Kikuji reflexionó durante un rato. ¿Qué la había hecho llorar?

Al menos, la información sobre Fumiko era mentira.

¿Chikako había dicho que Fumiko estaba casada para alejarlo de ella, cuando, en realidad, era la joven Inamura la que estaba casada? Consideró las posibilidades.

Sin embargo, había algo en aquello que no podía aceptar. Comenzó a sentir que también ella había mentido.

—Bueno, mientras no sepamos si es verdad o no, no sabremos el alcance de la travesura de Kurimoto.

—¿Travesura?

—Podríamos llamarla así.

—Pero si yo no le hubiera telefoneado hoy, habría pensado que estaba casada. Menuda travesura.

La doncella llamó de nuevo a Kikuji.

Al poco, él regresó con una carta en la mano.

—Tu carta, y sin sello. —Le dio la vuelta con ligereza.

—No, no. No debe leerla. —Se acercó, todavía arrodillada, e intentó arrebatársela de las manos—. Démela.

Con un rápido movimiento, Kikuji escondió las manos tras la espalda.

La mano izquierda de Fumiko cayó sobre la rodilla de Kikuji, y la derecha se estiró para coger la carta. Con la mano izquierda y la mano derecha realizando movimientos contradictorios, perdió el equilibrio. Tenía la izquierda detrás para impedir caer sobre Kikuji, la derecha sostenía la carta, ahora detrás de Kikuji. Inclinándose a la derecha, estaba a punto de caerse. Un costado de su rostro caería contra el pecho de Kikuji, pero la muchacha logró alejarse con flexibilidad. El peso de su mano izquierda sobre la rodilla de Kikuji era increíblemente liviano. Él no podía entender cómo había mantenido la parte superior de su cuerpo retorcido y a punto de caerse.

Kikuji se había puesto tenso a medida que ella se abalanzaba sobre él, y ahora quería gritar ante su extraordinaria flexibilidad. Era intensamente consciente de la mujer. Era consciente de la madre de Fumiko, la señora Ota.

¿En qué instante ella se había recuperado y se había alejado? ¿Dónde había perdido su fuerza? Era una flexibilidad imposible. Era como el instinto más profundo de una mujer. Justo cuando esperaba que ella cayera pesadamente encima de él, estaba cerca, una tibia fragancia. Eso fue todo.

La fragancia era fuerte. Llegó con intensidad: la fragancia de una mujer que había estado trabajando en un día de verano. Percibió el olor de Fumiko, y el de su madre. El olor del abrazo de la señora Ota.

—Devuélvamela —pidió ella. Kikuji no opuso resistencia—. Voy a romperla.

Fumiko se volvió y rompió la carta en pequeños pedacitos. El cuello y los brazos desnudos estaban húmedos por el sudor.

Había palidecido cuando caía en su dirección y luego se había recuperado. Después, arrodillada de nuevo, había enrojecido y, en ese tiempo, pareció que el sudor se había evaporado.

3

La cena, de un proveedor cercano, no fue interesante, exactamente lo que uno podía esperar.

La taza de té de Kikuji era el cilíndrico tazón Shino. La doncella se lo trajo, como de costumbre.

Él se percató de que los ojos de Fumiko estaban fijos en el tazón.

—¿Ha estado utilizando ese tazón?

—Sí.

—No debería. —Él percibió que ella no estaba tan incómoda como él—. Me arrepentí después de habérselo dado. Lo mencionaba en la carta.

—¿Qué decías?

—Que… Bueno, me disculpaba por haberle dado una mala pieza Shino.

—No es una mala pieza, en absoluto.

—No puede ser un buen Shino. Madre lo utilizaba como taza de té común y corriente.

—Yo no entiendo demasiado, pero imagino que es un muy buen Shino. —Tomó el tazón en sus manos y lo observó.

—Hay piezas Shino mucho mejores. Seguro que el tazón le recuerda a otra y que es mejor.

—No parece haber ninguna otra pieza pequeña en la colección de mi padre.

—Aun cuando usted no las tenga aquí, las ve. Otros tazones aparecen en su mente cuando bebe de éste y piensa cuánto mejores que éste son. Eso me entristece mucho, y a madre también.

Kikuji respiró hondo.

—Me estoy alejando cada vez más del té. No tengo ocasión de ver tazones de té.

—No sabe cuándo puede ver uno. Seguro que habrá visto piezas mucho más finas que ésta.

—¿Estás diciendo que una persona sólo puede regalar la más delicada?

—Sí. —Fumiko lo miró abiertamente, con afirmación en sus ojos—. Eso es lo que pienso. Le pedía en mi carta que lo rompiera y tirara los pedazos a la basura.

—¿Romperlo? ¿Romper esto? —Kikuji procuró desviar la embestida que lo abrumaba—. Es del antiguo horno Shino, debe de tener unos trescientos o cuatrocientos años de antigüedad. Al principio, es probable que fuera una pieza común para la mesa, pero ha pasado mucho tiempo desde que se convirtió en un tazón para té. Hubo personas que lo cuidaron y lo pasaron de generación en generación; algunas de ellas quizá lo llevaron durante largas travesías consigo. No puedo romperlo sólo porque me dices que lo haga.

En el borde del tazón, había dicho ella, había una mancha del lápiz de labios de su madre. La señora Ota, al parecer, le había dicho que el lápiz de labios no se borraría nunca, no importaba lo fuerte que frotara. Y, efectivamente, desde que Kikuji tenía el tazón, lo había lavado sin lograr quitar esa mancha oscura del borde. Era marrón claro, muy distinta del color del lápiz de labios y, sin embargo, había una leve tonalidad roja no imposible de interpretar como un viejo y desteñido lápiz de labios. Podía ser el rojo del propio Shino o, puesto que la parte delantera del tazón era de donde se bebía, la mancha podía haber quedado de los labios de dueños anteriores a la señora Ota. Ella, sin embargo, era, probablemente, quien más lo había utilizado. Había sido su taza de té de todos los días.

¿Había sido la señora Ota la primera que había pensado en utilizarlo, o tal vez el padre de Kikuji?, se preguntó él.

Kikuji también sospechaba que la señora Ota y su padre habían utilizado los dos tazones cilíndricos Raku, como la taza de té «marido-esposa» de todos los días.

Entonces, ¿su padre había hecho que ella convirtiera la jarra de agua Shino en un florero? ¿Había hecho que ella colocara rosas y claveles en ella? ¿Y había hecho que ella utilizara el pequeño tazón Shino como taza de té? ¿Había pensado, en esos momentos, que ella era hermosa?

Ahora que ellos dos estaban muertos, la jarra de agua y el tazón habían llegado a Kikuji. Y Fumiko había llegado también.

—No es un capricho infantil. Realmente desearía que lo rompiera. Le gustaba la jarra para el agua que le di, y entonces recordé el otro Shino y pensé que combinaría con la jarra. Pero después me sentí avergonzada.

—No debería utilizarse como taza de té. Es demasiado bueno.

—Pero hay tantas piezas mejores... Beberá de éste y pensará en ellas. Me sentiré muy desgraciada.

—¿Pero realmente crees que sólo puedes regalar las piezas más exquisitas?

—Depende de la persona y de las circunstancias.

Sus palabras transmitían significativas alusiones.

¿Fumiko era tan amable como para pensar que un recuerdo de su madre, un recuerdo de la propia Fumiko —quizá algo más íntimo que un recuerdo—, sólo podía existir si la pieza era la más fina?

El deseo, el ruego de que sólo la mejor quedara para recordar a su madre invadió a Kikuji. Llegó como la más exquisita de las emociones, y la jarra de agua era su testigo.

La propia superficie del Shino resplandeciendo, cálidamente fría, lo hizo pensar en la señora Ota. Tal vez porque la pieza era tan fina, el recuerdo estaba desprovisto de la oscuridad y de la fealdad de la culpa.

Mientras miraba la pieza maestra que era, sintió intensamente la pieza maestra que había sido la señora Ota. En una pieza maestra nada es impuro.

Kikuji miraba la jarra y quería ver a Fumiko, se lo había dicho por teléfono aquel día tormentoso. Había podido decirlo sólo porque el teléfono se interponía entre ambos.

Fumiko había respondido que tenía otra pieza Shino y le había llevado el tazón.

Probablemente era verdad que el tazón era más débil que la jarra.

—Me parece recordar que mi padre tenía un cofre portátil de té. Solía llevarlo cuando viajaba —señaló Kikuji—. El tazón que guardaba allí debe de ser mucho peor que éste.

—¿Qué clase de tazón es?

—Nunca lo he visto.

—Muéstremelo. Seguro que es mejor. Y si lo es, ¿podría romper el Shino?

—Un juego peligroso.

Después de la cena, mientras con habilidad separaba las semillas de un melón, Fumiko lo presionó de nuevo para que le mostrara el tazón.

Kikuji ordenó a la criada que abriera la casita y salió al jardín. Tenía intenciones de llevar el cofre consigo, pero Fumiko fue con él.

—No tengo idea de dónde puede estar —gritó—. Chikako seguro que lo sabe.

Fumiko estaba a la sombra del laurel cargado de flores. Él podía ver, bajo las ramas blancas de menor altura, los pies enfundados en las medias y los zuecos de jardín.

El cofre de té estaba en un armario, junto a la alacena.

Kikuji lo llevó a la habitación principal y lo colocó delante de Fumiko. Ella se arrodilló con respeto, como si esperara que él desenvolviera el envoltorio pero, después de un rato, se estiró para hacerlo ella misma.

—Si me permite mirar…

—Tiene un poco de polvo. —Kikuji tomó el cofre por el envoltorio y le quitó el polvo sobre el jardín—. La alacena está repleta de insectos; había una chicharra muerta en el armario.

—Pero la habitación está limpia.

—Chikako la limpió cuando vino a contarme que tú y la joven Inamura os habíais casado. Era de noche y debió de encerrar a la chicharra en el armario.

Al sacar lo que aparentaba ser un tazón para té, Fumiko se inclinó hacia adelante para desenvolver el papel. Sus dedos temblaban ligeramente.

Los redondeados hombros estaban echados hacia adelante y, a Kikuji, al mirarla de perfil, el largo cuello le pareció aún más largo.

Había algo cautivante en su labio inferior, que se adelantaba proporcionalmente a la boca que cerraba con seriedad, y en la forma de los lóbulos de las orejas.

Ella lo miró.

—Es un Karatsu (1).

Kikuji se acercó.

—Es un tazón muy bueno —dijo ella, depositándolo sobre la esterilla del suelo.

Era un tazón Karatsu cilíndrico y pequeño, que, como el Shino, podía ser utilizado todos los días.

—Es fuerte. Digno, mucho mejor que el Shino.

—Pero ¿se puede comparar un Shino con un Karatsu?

—Sí, si uno los ve juntos —explicó Fumiko.

Atraído por el poder del Karatsu, Kikuji lo acercó a su rodilla y lo observó.

—¿Traigo el Shino, entonces?

(1) Porcelana Kyushu de origen coreano. *(N. de la t.)*

—Yo lo haré. —Fumiko se puso en pie.

Colocaron el Shino y el Karatsu uno al lado del otro. Sus miradas se encontraron y volvieron a recaer en los tazones.

—De un hombre y de una mujer. —Kikuji hablaba un tanto confundido—. Cuando uno los ve uno al lado del otro...

Fumiko asintió, como si fuera incapaz de hablar.

Para Kikuji, las palabras también tenían un tono extraño.

El tazón Karatsu no estaba decorado. Era verduzco, con un toque azafrán y un toque carmesí, y se hinchaba poderosamente hacia la base.

—Éste era su preferido; su padre lo llevaba consigo en los viajes. Es muy parecido a su padre.

Kikuji pareció no percibir el peligro en la acotación.

El joven no pudo recomponerse para decir que el tazón Shino era como su madre. Pero los dos tazones que estaban ante ellos eran como las almas del padre de Kikuji y de la madre de Fumiko.

Los tazones de té, de trescientos o cuatrocientos años de antigüedad, estaban enteros y sanos, y no evocaban pensamientos mórbidos. La vida, sin embargo, parecía extenderse tensa por encima de ellos, de una manera casi sensual.

Al ver a su padre y a la madre de Fumiko en los tazones, Kikuji sintió que habían reunido dos bellos fantasmas y los habían colocado el uno al lado del otro.

Los tazones de té estaban allí, presentes, y la realidad presente de Kikuji y Fumiko, enfrentados a través de los tazones, parecía inmaculada también.

Kikuji le había dicho, el día después de la ceremonia realizada al séptimo día de la muerte de su madre, que existía algo terrible en estar con ella, mirándola. ¿Acaso se habían desvanecido la culpa y el temor por el contacto con los tazones?

—Hermoso —dijo Kikuji, como si hablara para sí mismo—. No estaba en la naturaleza de mi padre jugar con los tazones de té y, sin embargo, lo hizo. Y quizá amortiguaron su sentimiento de culpa.

—¿Cómo dice?

—Cuando uno ve el tazón, se olvida de los defectos de su antiguo dueño. La vida de mi padre fue sólo una pequeña parte de la vida de un tazón de té.

—Muerte, a los pies de una. Me atemoriza. He intentado tantas cosas... He intentado pensar que con la muerte cerca no puedo estar absorbida para siempre por la muerte de mi madre.

—Cuando uno está absorbido por la muerte, comienza a sentir que ya no está más en este mundo.

La criada apareció con la tetera y otros utensilios para el té. Evidentemente, había concluido que, después de tanto tiempo en la casita, necesitaban agua para el té.

Kikuji le sugirió a Fumiko que utilizaran el Shino y el Karatsu, como si ellos mismos estuvieran realizando un viaje.

Fumiko simplemente asintió.

—¿Podría utilizar el Shino por última vez antes de romperlo? —La muchacha tomó el batidor de té de la caja y fue a lavarlo.

El largo día de verano era aún brillante.

—Como en un viaje —dijo Fumiko, haciendo girar el pequeño batidor en el pequeño tazón.

—De viaje, y ¿estamos en una posada?

—No tiene por qué ser una posada. A orillas de un río o en la cima de una montaña. Quizá agua fría hubiera sido mejor para hacernos pensar en las montañas. —Mientras levantaba el batidor de té, sus ojos casi negros se elevaron y, durante un instante, se posaron en Kikuji. Luego, Fumiko bajó la vista al Karatsu, que hizo girar en la palma de una de sus manos.

Los ojos se movían hacia adelante con el tazón, delante de la rodilla de Kikuji.

Él sintió que ella podía fluir hacia él.

Cuando comenzó a preparar el té en el Shino de su madre, el batidor crujió contra el tazón. Se detuvo.

—Es muy difícil.

—Debe de ser difícil en un tazón tan pequeño —dijo Kikuji. Pero el problema era que las manos de Fumiko temblaban.

Una vez que se hubo detenido, ya no agitó el batidor nuevamente.

Fumiko permaneció sentada con la cabeza gacha, los ojos en la tensa muñeca.

—Madre no me lo permite.

—¡¿Qué?! —Kikuji se incorporó y la tomó por los hombros, como si le arrancara las redes de un hechizo.

No hubo resistencia.

4

Kikuji no podía dormir, por lo que esperó a que la luz se filtrara por las rendijas de las persianas, y salió a la casita del jardín.

El Shino roto yacía en los escalones de piedra, frente al cuenco de piedra.

Kikuji reunió cuatro pedazos para formar un tazón. Una pieza del borde, lo bastante grande como para permitir que entrara su dedo índice, se había perdido.

Se preguntó si estaría en alguna parte, en el suelo, y comenzó a buscar entre las piedras. Pero, de inmediato, se detuvo.

Levantó los ojos. Una gran estrella brillaba a través de los árboles, hacia el este.

Hacía años que había visto por última vez el lucero del alba. Se quedó mirándolo y en ese instante el cielo comenzó a nublarse.

La estrella era aún más grande, brillando a través de la neblina. Era como si la luz estuviera empañada por el agua.

Parecía deprimente, en contraste con el vigoroso vacilar de la estrella, estar buscando un tazón roto e intentar reconstruirlo de nuevo.

Kikuji tiró las piezas al suelo nuevamente.

La noche anterior, Fumiko arrojó el Shino contra la piedra antes de que él pudiera detenerla.

Kikuji protestó. Pero no buscó los fragmentos en las

sombras, entre las piedras. En su lugar, prefirió poner su brazo alrededor de Fumiko, sosteniéndola. Cuando se había echado hacia adelante en el acto de arrojar el Shino, pareció que ella misma iba a caer contra las piedras.

—Hay piezas Shino mucho mejores —murmuró.

¿Aún se sentía triste ante la idea de que Kikuji pudiera compararlo con una pieza Shino que fuera mejor?

Yacía sin poder dormir y el eco de sus palabras llegaba hasta él, más intensamente nítidas en el recuerdo. Esperando que llegara la luz del día, salió a buscar los fragmentos. Luego, al ver el lucero, los arrojó al suelo de nuevo. Y al levantar la vista al cielo, lanzó una protesta.

Ya no había lucero. En el breve momento que sus ojos se posaron sobre los fragmentos deshechos, el lucero del alba había desaparecido entre las nubes.

Observó el cielo al oriente durante un rato, como para recuperar algo robado.

Las nubes no eran densas, pero no podía decir dónde estaba el lucero. Las nubes se dispersaron cerca del horizonte. El tenue rojo se hizo más intenso en donde tocaban los tejados de las casas.

—No puedo dejarlos sin más —dijo en voz alta. Recogió los fragmentos de nuevo y los colocó en la manga de su kimono de noche.

Sería triste dejarlos allí. Y, además, Kurimoto Chikako podía presentarse en su casa.

Pensó en enterrar el tazón detrás del cuenco de piedra, puesto que Fumiko lo había roto allí en un momento de obvia desesperación. Pero, en vez de eso, envolvió los fragmentos en papel, los metió en un cajón y regresó a la cama.

¿Con qué había temido tanto ella que él comparara el Shino?

¿Y por qué le preocupaba tanto esa posibilidad? Kikuji no podía pensar en razón alguna.

Ahora, más que la tarde anterior, no podía pensar en nadie con quien compararla a ella. Se había vuelto absoluta, más allá de toda comparación. Se había vuelto decisión y destino.

Antes, siempre había sido la hija de la señora Ota. Ahora, él había olvidado —la idea casi lo había abandonado— que el cuerpo de la madre era, de alguna manera, sutilmente transferido a la hija para tentarlo con extrañas fantasías.

Por fin se había abierto camino y había traspasado la oscura y espantosa cortina.

¿Lo había rescatado la brecha de su pureza?

No había habido resistencia por parte de Fumiko, sólo por parte de la propia pureza.

Ese hecho decía cuán profundamente él se había hundido en la trama del hechizo, cuán completa era la parálisis. Pero Kikuji sentía lo contrario, que había escapado al hechizo y a la parálisis. Era como si un adicto hubiera quedado libre de su adicción tomando la última dosis de una droga.

Kikuji telefoneó a Fumiko desde la oficina. Ella trabajaba para un mayorista de lanas en Kanda.

No estaba en el trabajo. Kikuji se había marchado insomne de su casa. ¿Tal vez Fumiko había caído en un profundo sueño al amanecer? ¿O tal vez, avergonzada, se había encerrado durante el día?

Por la tarde tampoco estaba en el trabajo, y él preguntó dónde vivía.

Su nueva dirección estaba en la carta del día anterior, pero Fumiko había roto el sobre y había guardado todos los pedacitos en su bolsillo. Durante la cena habían hablado del trabajo y él recordaba el nombre de la empresa. No le había preguntado dónde vivía; era como si su residencia fuera el propio Kikuji.

De regreso a casa, buscó la pensión. Se hallaba detrás del parque Ueno.

Pero Fumiko no estaba allí.

Una niña de doce o trece años que regresaba de la escuela, a juzgar por su uniforme, se asomó a la puerta.

—La señorita Ota no está. Ha dicho que se marchaba con una amiga —anunció.

—¿Se marchaba? ¿Se ha ido de viaje? ¿Y adónde ha dicho que iba?

La niña entró de nuevo y, desde dentro, respondió:

—No lo sé. Mi madre no está. —Parecía temer a Kikuji. Tenía las cejas finas.

Kikuji se volvió para mirar mientras salía por el portón, pero no tenía modo de saber cuál era la habitación de Fumiko. La casa era bastante decente, de dos plantas y un pequeño jardín.

Fumiko había dicho que la muerte estaba a sus pies. Los propios pies de Kikuji se helaron de repente.

Se limpió la cara con un pañuelo. La sangre parecía desvanecerse al pasar el pañuelo, y lo pasó con más fuerza. El pañuelo estaba húmedo y oscuro. Sintió un sudor frío en la espalda.

—No tenía razón para morir —murmuró.

No había razón para que Fumiko muriera. Fumiko, que lo había devuelto a la vida.

¿Pero había sido su manera simple y franca de la noche anterior la manera franca de la muerte?

¿Ella, al igual que su madre, había sido atravesada por la culpa y había temido la franqueza?

—Sólo queda Chikako.

Y como si escupiera todo el veneno acumulado en contra de la mujer que era su enemiga, Kikuji se apresuró en las sombras del parque.